卍屋龍次 悪女狩り

秘具商人愛艶道中

鳴海　丈

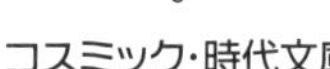

コスミック・時代文庫

この作品は二〇〇四年に刊行された「卍屋龍次 地獄旅」（学研M文庫）を改題し、加筆修正の上、書下ろし一篇を加えたものです。

目次

道中ノ一　甲州路・半月の女

1

一瞬の早業であった。

斬られた二人は、龍次の刃を眼に止める暇もなかったに違いない。

場所は、甲州街道の猿橋である。

甲州街道―甲州路とも呼ばれ、江戸・日本橋から内藤新宿、八王子を通って、中仙道の下諏訪に通じている街道だ。

東海道、中仙道、日光街道、奥州街道と並んで、徳川幕府が整備した〈五街道〉の一つである。

その甲州街道の、十九番目の宿駅が猿橋だ。

その名は、宿場の手前にある橋に由来する。

幅三・六メートル、長さ三十三メートルの大きな木製の橋が、桂川の深い渓谷に架かっているのだ。

橋から川面までは、六十メートルもある。

これが、室町時代に建造されたという猿橋である。

場所が場所なので、橋脚はない。渓谷の両岸から水平に伸ばした桁を重ねていって中央で繋ぐ、いわゆる刎木橋という特殊なアーチ構造だ。

猿橋と岩国の錦帯橋、黒部渓谷の愛本橋とを合わせて、日本の三大奇橋と呼ぶ。

『名勝志』に云う——俗説、昔智ある人、猿の樹杪をつたひ渉るを見て、造り初めたる橋なり……。

卍屋龍次は、昨夜は甲州街道十五番目の宿駅である野田尻に泊まり、今朝は卯の上刻——午前六時過ぎに旅籠を立った。

そして、犬目、下鳥沢、鳥沢と過ぎて、猿橋宿の手前まで来たのである。

晴天で、風のない穏やかな天気だった。

橋の中ほどに駕籠を下ろし、駕籠かき達が息杖にもたれかかるようにして、のんびりと煙草を吸っていた。

駕籠かきは、宿場から宿場への人や荷の運搬を請け負う宿場人足の一種で、雲助などという俗称で呼ばれていた。

いつも下帯だけの裸体でいるので、裸虫とも言われる。

冬でも、それに袖無し羽織を引っ掛けた姿で平気なのは、彼らが喰い道楽で、収入のほとんどを注ぎ込んで、動物性蛋白質を中心とした非常に高カロリーの食事を摂っているからだという……。

幅二間の橋だから、置かれている駕籠の脇を楽に通れる。

荷物を背負い菅笠を被った龍次は、やや前屈姿勢のまま歩く速度を緩めずに、その駕籠の横を通り過ぎようとした。

と――突然！

二人の駕籠かきが、いきなり息杖の先端に手をかけて、白刃を引っこ抜いたのである。

息杖が、仕込みになっていたのだ。

「でやァァァ――っ！」

先棒が、獣物じみた気合いとともに、刀を龍次の肩口へ降り下ろした。

龍次は、風呂敷に包んだ旅簞笥を背負っている。

それを背中から下ろすためには、首の前で結んだ風呂敷の両端を解くか、上へ抜かねばならない。

　だから、素早い動きが出来ずに、その一撃で致命傷を負う――はずだった。

　が、先棒の刀は空を斬った。

　その空間から半歩横に、龍次の軀は移動していた。

　どういう風にしたのか、風呂敷包みは、橋板の上に落ちている。

　空降りした先棒の腰が、前へ泳いだ。

　彼が態勢を立て直す前に、ころーん、という柔らかい鈴の音がして、先棒の頭部が胴体から吹っ飛んだ。

　鮮血の尾を引いて猿橋の手摺を越え、三十三間下の激流へ落ちる。

　その時には、龍次は、振り向き様に後棒の突きをかわし、道中差で彼を袈裟がけに斬り倒していた。

「ひィ――っ……」

　笛のような悲鳴を上げながら、後棒は駕籠の横に、仰向けに倒れた。

　後頭部が、生卵の殻のように潰れる音がした。

　乾いた橋板の上に、どす黒い血が二人分、勢い良く流れ出る。

「…………」

龍次は、先棒の袖無し羽織の裾で丁寧に道中差の血脂を拭い、左腰の鞘に納めた。

たった今、死神の手を逃れたばかりだというのに、菅笠の下の龍次の顔には、何の表情も浮かんでいない。

年齢は、二十一歳。まるで女に見間違うほど、美しい顔立ちなのだ。

旅の商人なのに、日焼けのあともなく、色白である。

月代は剃らずに伸ばし、前髪を左右に分けて、左の房は頬まで垂らし、右の房は涼やかな眉にかかっている。

目は切れ長で、睫は扇のように長く、鼻梁はひときわ高い。顎の小さな細面だ。

品の良い唇には、女たちの胸を熱くさせるような甘さが漂っている。

役者にしたいような美い男——という褒め言葉があるが、この若者は、並の役者や女形が束になっても叶わないほどの美形であった。

ただ——蒼みをおびた目に、何とも言いようのない深い憂いの色があった。

その翳りが、稚児小姓のような若者の美貌に、ある種の〈凄み〉を与えている。

端麗ではあるが、女々しい印象は全く、ない。

彼の道中差の鍔には、小さな土鈴が下げられていた。

かなり古びた、女雛の形の丸い土鈴だ。
先ほど、電光の迅さで龍次が道中差を抜いた時、鳴ったのは、この土鈴である。
納刀すると、龍次は屈みこんで、後棒の軀を調べる。
「――凄え、凄えや！」
甲高い叫び声がした。
猿橋の鳥沢側の、袂の方だ。
龍次は、ゆっくりと立ち上がりながら、その方へ顔を向ける。
若い旅姿の渡世人であった。
急いで、こっちへすっ飛んで来る。
龍次の前で、渡世人は突んのめるようにして立ち止まった。喘ぐように、
「あ、兄貴っ」
月代を伸ばして、いなせな髷を結い、腰には朱鞘の長脇差をぶちこんでいる。
一端の渡世人ぶっているが、背丈は並でも骨細の軀である。
十六、七歳か。童顔の美しい少年だった。
どう考えても、頬紅をさして菊人形の真似でもさせた方が、似合いそうだ。
龍次と同じように、着物の裾を端折って帯の後ろに通し、白い川並を穿いて、

脚絆を付けている。左肩に、合羽と振分荷物を負っていた。

三下なのに、垢じみた感じがしないところを見ると、無職渡世に足を踏み込んで、まだ日が浅いのだろう。

少年は細い脚を開き、腰を落とすと、

「兄貴、道端で失礼いたしやす！　俺らは下総は我孫子の生まれ、親分なしの乾分なし、天神の勇三郎という駆け出しの野郎でござんす！　兄貴とは、本日この場にて初の御意を……」

「待ってください」

龍次は、渡世人の口上を遮った。

「わたしは堅気の商人です。仁義など切られる筋合いじゃない」

天神の勇三郎は腰を伸ばして、情ない表情になり、

「堅気って、兄貴ィ……それはないぜ、あんな鮮やかな脇差居合を、遣っておいて。本当の渡世人だって、あれだけの腕の者は、中々いないぜ。俺ァ、とにかく、抜いたのが見えなかったもんな」

龍次は伝法な口調で、

「その兄貴ってえのも、止めてくれ」

「じゃあ、何と、お呼びすればいいんで？」

「俺の名は、龍次。卍屋の龍次だ」

勇三郎は嬉しそうに、

「龍次兄貴でござんすか。さすがに、貫禄のあるお名前でござんすねえ。よろしく、お願いしやす。今の今から、俺らのことは、勇三と呼び捨てにしておくんなさい。いや、何だったら、勇三公でも構いやせん。男っ振りも抜群なら、腕も立つ。こんな龍次兄貴の弟分にしてもらったら、勇三郎は故郷の明田村を捨てて、渡世の道に入った甲斐があるってえもんだ！　盃を交わしてからなんて、けちなこたァ言わねえ。兄貴、本日只今から、この勇三郎は龍次兄貴のために、いつでも命を捨てますぜっ！」

「…………」

龍次は、ぺらぺらと油紙に火がついたように喋り続ける彼を無視して、先棒の死骸を調べる。

明らかに苛酷な肉体労働によって鍛えられた筋肉質の軀で、隅々まで、良く日焼けしていた。

天神の勇三郎は、それを龍次の肩越に覗きこんで、

「兄貴。失礼ではござんすが、何で、命を狙われたんで？」

「………」

「駕籠かきの姿はしてますが、待ち伏せして、洒落た仕込み杖なんか持ってたところを見ると、こいつら、闇討ち屋か何かですかねえ」

闇討ち屋とは、金を貰って縁も所縁もない相手の命を奪う殺し屋のことである。勿論、看板を出すことの出来ない裏稼業だ。

「俺もそう思ったんだが――」

調べながら、龍次は言った。

「この筋肉のつき具合や日焼け、それに右肩の掌の胼胝からして、こいつらは本物の宿場人足だな」

「なるほど……」勇三郎は頷き、

「すると兄貴は、街道の雲助どもと揉め事でも、起こしなすったんですかい」

「それなら、慣れない仕込みなんか使わずに大勢で俺を取り囲めばいいじゃねえか」

龍次は先棒の腹巻に、手を入れた。中から金色に輝く小判を十枚、掴み出す。

天神の勇三郎は目を丸くして、

「あっ、兄貴！　そいつはっ!?」

龍次は立ち上がった。ちゃりっ、と小判を擦り合わせて、

「誰か、大金を払ってでも、密かに俺を消したい奴がいるらしいな……」

2

寛政二年——西暦一七九〇年、陰暦九月の上旬。

権謀術数の限りを尽くして、一橋家斉が十一代将軍職についてから、四年目の秋である。

賄賂政治の元凶といわれた老中・田沼主殿頭意次は、家斉の将軍就任確定と同時に失脚した。

そして翌年に、徳川一族の御三卿・田安家の出身で、白河藩主の松平越中守定信が、老中職に就いた。

破産寸前の幕府財政を、重商主義で立て直そうとした田沼意次とは逆に、農本主義と身分制度の厳守を根本理念とする松平定信の寛政の改革は、次第に人々の生活を圧迫していった。

昨年三月には、衣服調度の奢侈を禁じ、七月には在方の隠売女を厳禁し、八月には酒の生産量を減らすように命じている。

定信の就任当時には、庶民も、「田や沼や　汚れた御代を改めて、清くぞすめる　白河の水」と喜んでいた庶民も、次から次に出される禁令に驚き怒り反発して、「白河の　清き流れにすみかねて　もとの濁りの　田沼恋しき」と嘆くようになった。

何しろ松平定信は、大奥の風紀まで取り締り、あろうことか将軍家斉にSEXの回数を減らすように進言した男である。

彼の、いささか狂信的ともいえる勤倹尚武の政策は、江戸府内にとどまらず、徐々に地方にも浸透しつつあった……。

「――兄貴！　待っておくんなさいよっ」

天神の勇三郎は息を切らせながら、軽快な調子で歩き続ける卍屋龍次に、ようやく追いついた。

渡世の作法通り、右側に並ぶ。左側だと、相手の抜き打ちを警戒していることになるのだ。

長い下り坂で、坂を下り切ったところが、猿橋宿の入口である。

「………」

前方に目をやったまま、龍次は無言だ。

「兄貴。駕籠（かご）も二人の雲助も、みんな、桂川に叩きこんでやったぜ。血溜（ちだま）りには、乾いた砂を撒いといたよ」

額（ひたい）の汗を拭いながら、勇三郎は手柄顔で言った。

「頼んだ覚えはねえ」

龍次は、死骸をそのままにして立ち去ったのだが、勇三郎はわざわざ後始末をしたのである。

「それはねえよ、兄貴。俺ら、龍次兄貴のことを思えばこそ…」

ちらっ、と龍次は若い渡世人を見て、

「襟（えり）に血がついてるぜ」

「えっ！」

勇三郎は着物の襟に目をやり、あわてて周囲を見回した。

着物に血をつけたまま、宿場へ入るわけには、いかない。

右手が低い切り落しになっていて、そこから湧き水が流れ落ちているのを見つけると、勇三郎は、そこへ駆け寄った。

諸肌脱ぎになって、襟を湧き水で洗う。

斬り合いになった時の用心のため、形通りに腹に厚く晒し木綿を巻いているが、骨細で筋肉も薄い。

いかにも華奢な軀であった。

蔭郎と呼ばれる少年売春夫遊びの好きな通人が見たら、涎を流すであろう。

「お前さん、喧嘩をしたことはあるのか」

立ち止まって勇三郎の背中を眺めながら、龍次は訊いた。

「うん……長脇差を抜いたことは何回かあるけど……ほんとに人を斬ったことはねえ。博奕の腕は、まあまあなんだけど」

少し羞かしそうに、勇三郎は言った。

「国を捨てて、どのくらいになる」

「半年かな。あっちこっち流れて……甲州街道は初めてでさあ」

しんみりとした口調で、勇三郎は言った。

毎年三月、農村では住民調査をして、これを人別帳に記入し、一部を村役所に提出する。これが人別改めである。

そして、勘当、駆け落ち、家出、所払い等によって、この人別帳より外された者を、無宿人と呼ぶ。

無宿人になったら、博奕打ちか放浪芸人か物乞いになるしか、生きていく道がないのだ。

だから、無宿人は誰も、自分の過去を語りたがらない。

この下総無宿・天神の勇三郎という若者もまた、思い出したくない辛い事情があるのだろう。

「俺らみてえな半端者は、どうせ堅気の世界じゃ生きていけねえもの……やくざになるしかなかったんだよ」

いつしか、勇三郎は涙声になっていた。

「――いつまで洗ってるんだ」

「えっ」

「もう、行くぜ」

そう言うと、龍次は歩き出した。

自分と同行することを、龍次は暗に許したのであった。

「へ、へいっ！」

急いで濡れた着物に袖を通しながら、飼い主を見つけた仔犬みたいに、勇三郎は駆け出した。喜色満面の表情だ。

「兄貴、有難うござんすっ」

拳（こぶし）で乱暴に目をこすり、勇三郎は歩きながら、何度も頭を下げる。

「弟分にすると言った覚えはねえ。俺は堅気の商人だ」

「わかっておりやす。俺らは、もう、兄貴と一緒に旅が出来りゃあ、それで満足なんで」

ひょいと龍次の胸元に目をやり、

「ははあ。さっき、アッという間に風呂敷包みを落としたのは、そういう手妻（てづま）でやすか」

龍次は、風呂敷の右端を輪に結び、そこへ反対側の端を通して、左手に巻いていた。

つまり、普通の者がやるように両端を結んではいないので、握った左手を開けば、風呂敷包みは自重で一瞬のうちに落下することになる。

「抜き輪結びだ。旅をしていれば、いつ何時（なんどき）、後ろから追（お）い剝（は）ぎや山犬に襲われるかも知れねえ。だから旅慣れてる商人は、みんな、こういう具合に風呂敷を背負うのさ」

寡黙なこの男には珍しく、龍次は丁寧に説明してやった。

「なるほど。さすが、俺らが見こんだ兄貴だけのことはある。油断てえものがないんだね！」

勇三郎は陽気に言った。

二人は、猿橋宿を通過した。

駒橋、大月、下花咲、上花咲、下初狩、中初狩と過ぎて、白野宿の飯屋で昼食をとる。

ばりばりと焼魚を嚙み砕きながら、勇三郎は店の中や表の通りに、忙しく目を配った。

「兄貴は、ゆっくりと喰っておくんなさい。怪しい奴が近づいて来たら、この勇三郎の二つの目ん玉が見逃すもんじゃやねえ」

龍次は苦笑して、

「こんなに人目の多い所じゃ、襲ってこねえよ」

「そうですかねえ」

勇三郎は首を傾げ、それから大根の味噌汁の碗を口に運んだ。

白野を立って、白の原、吉ケ久保、橋詰という村々を過ぎると、笹子川に架かる橋を渡り、阿弥陀海道宿に着く。

龍次は、今夜は甲府に泊まることに決めていた。

甲府は天領——つまり幕府の直轄地であり、甲州街道随一の宿場である。

阿弥陀海道から甲府までは、九里と一町——約三十六キロだ。

普通の人間の歩行距離は、一日で八里か十里くらい。

しかし、龍次のような旅稼業の者は、一日十五里——六十キロもこなす。

意外にも、勇三郎は龍次の健脚に遅れずについて来た。

「旅に出て、まだ半年というわりには、達者な足だな」

龍次が言うと、勇三郎はにっこりと子供のように笑って、

「村にいるときは、炭や野菜を背負って毎日山二つ向こうの宿場まで、売りにいってたんで。それを思えば、平らな道なんて、何でもねえよ」

龍次と勇三郎は、黒野田宿の先の追分村を通過した。

いよいよ、甲州街道の最大の難所、笹子峠である。

海抜千九十六メートル。左手は山の急斜面、右手は深い崖になっており蛇行した峠道の長さは、上って下って一里以上もある。

峠の入口には、大きな杉の木があった。

武田軍が戦勝を祈願して矢を射たという、〈矢立の杉〉である。

二人は、峠を上り始めた。

道端は狭い。二人が並べない所もあるほどだ。

さすがに額に汗を滲ませた勇三郎が、遠慮がちに言った。

「ねえ、兄貴」

「何だ」

「気を悪くされると困るんだけど……どうして卍屋をやってるんです？　普通、卍屋ってえのは、もっと年寄りがやるもんでしょう」

卍屋とは——閨房で男女が用いる張形や姫泣き等の秘具、長命丸や女悦丸などの媚薬を専門に扱う小間物屋のことだ。

その名称は、江戸の両国薬研堀にある秘具店〈四目屋〉に由来する。

その屋号のとおり、黒地に白く四個の菱の目を染め抜いたものを商標にしている、有名店だ。

江戸には他にも秘具店は幾つもあったが、四目屋が余りにも有名なため、〈四目屋道具〉〈四目屋薬〉というように、その屋号が秘具や媚薬の代名詞になったほどである。

しかし、秘具媚薬の需要は、江戸内府だけではなく、日本中どこでもある。いや、地方では娯楽の種類が少ない分だけその需要は江戸よりも切実かも知れない。

そこで、旅廻りの小間物屋が、副業的に四目屋物を扱ったが、次第に、これを専門とする者が現れた。

これが卍屋である。

四目屋の商標である四菱紋の縁と仕切りをなぞると、〈卍〉という字になり、業者の間では、これが四目屋物の隠語になっていた。

それゆえ、秘具専門の旅廻りの行商人を、〈卍屋〉と呼ぶようになったのだ。

一説には、五代将軍・綱吉の時代に、橘町に〈卍屋〉という屋号の店があったともいわれる。

普通の行商人と違って、卍屋は声高に呼び売りすることが出来ない。

そのため、菅笠の真ン中に卍の焼き印を押して、客の目を引くようにしてある。

扱っている商品の性質上、卍屋に年配者が多いのは、当然であった。

「俺が、この稼業をやっているのは、都合がいいからさ」

「何の都合で？」

「………」

突然、龍次は立ち止まった。

天神の勇三郎は、あわてて、

「か、勘弁しておくんなさい、兄貴。別に、悪気はなかったんで……」

「しっ」

鋭く、龍次は制した。

勇三郎は口を噤(つぐ)む。それで、彼も気づいた。

音がする。

近づいてくる。

左側の斜面から、樹冠(じゅかん)が道の上に枝を伸ばしているので、見通しは利かないが、頭上の方から何かが急速に接近してくるのが、わかった。

「兄貴……」

勇三郎が言いかけた時、前方の急な曲がり角から、それが姿を現した。

「っ!!」

裸馬であった。

口から泡を吹いて荒れ狂う馬が、猛烈な速さで、坂道を駆け下りてくるのだ。

右にも左にも、龍次たちの逃げ場はなかった。

3

徳川幕府が甲州街道を整備する前――つまり室町時代には、笹子峠を越える道は、〈日陰の四寸道〉と呼ばれていたという。四寸――約十二センチだ。

それは道などというものではなく、崖から突き出した、わずかの出っ張りにすぎず、旅人は崖にしがみついて、蟹のように横移動していたのだった。

東海道の大井川に橋を架けなかったのと同様に、幕府は江戸防衛の戦略的な観点から、笹子峠の道幅は最小限に止めておいたのである。

今――暴れ馬を目前にして、卍屋龍次と天神の勇三郎は、進退窮まっていた。

右に逃げれば、崖下へ落下することになる。

左側の山の斜面に張りついたとしても、蹄の一撃を逃れることは、出来ないだろう。

後ろを向いて峠道を駆け下りるなどは、論外である。

逃げ道はないのだ。

馬は、もう数メートルの所に迫っていた。

「兄貴っ！」

勇三郎が悲鳴を上げる。

その時、龍次は菅笠に右手をかけていた。顎紐は、すでに解いてある。

その菅笠を、手首のしなりを十分に利かせて、水平に投げた。

菅笠は曲線を描きながら飛行し、暴れ馬の鼻先に命中した。

急所を打たれた馬は、反射的に棒立ちになろうとした。

しかし、下り坂で勢いがついていたのと、でこぼこ道だったため、体勢が崩れた。

鋭い悲鳴とともに、馬の巨体は崖下に消えた。

その後を追うように、卍の焼き印を押した菅笠がくるくると回転しながら、落下していく。

「…………」

崖の縁に立って下を覗きこんでから、龍次は、勇三郎の方へ戻った。

勇三郎は道の真ん中に、へたりこんでいた。

雲助との斬り合いを目撃しても平気だった彼だが、今は蒼白な顔で、瘧のように震えている。

「しっかりしな」

龍次は苦笑した。

「そんな様じゃ、名のある渡世人には成れないぜ」

「へ……へい」

よろよろと、勇三郎は立ち上がった。

「凄え。とにかく、龍次兄貴は凄えや……講談で聞いた塚原卜伝や荒木又右衛門だって、今みたいな真似は出来ねえよ。俺ら、もう助からねえと思った……」

「そう思うから、躯が竦んで動けなくなるんだ」

龍次は、さっさと歩き始めた。

勇三郎は、その右後ろに従う。

「兄貴。今のも、ただの暴れ馬じゃなくて……」

「俺の命を狙ったんだろうよ」

平然とした口調で、龍次は言った。

「だが、馬を放った奴は逃げたようだな」

龍次の言葉通り、峠の頂上まで行っても、馬子の姿はなかった。

木陰に隠れて待ち伏せする腕も度胸も、なかったようである。

見下ろせば、樹海の中を九十九折りの峠道が長く伸びている。

その先は、甲府盆地だ。

甲斐国の名物は、勝沼の葡萄と都留郡の絹織物である。

他に煙草、御用紙、水晶細工なども有名であった。

土地が瘦せているので、普通の作物を育てることが出来ないのだ。

(俺を、この先に行かせたくない奴がいる……それは誰だ?)

眼下に広がる秋の山国を眺めながら、龍次は胸の中で呟いた。

「兄貴……さっきの話だけど」

ようやく顔に血の気が戻った勇三郎が、言った。

「卍屋をやってると、都合がいいっていうのは、どういうことで」

「俺は、ある女を捜してる」

「女……?」

「その女と、もう一度逢うために……俺は生きているんだ」

——龍次は孤児である。

両親は、彼が三歳の時、明和の大火で死亡した。

遠縁の親戚に引き取られた龍次は、虐待されながら成長し、十歳の時に、ある組織に売り飛ばされた。

それは性的能力の減退した富裕な老人たちのために、幼い子供による淫靡で背徳的なSEXショーを提供する、〈蓮華堂〉という秘密倶楽部であった。

美しい龍次は、この性交ショーの出演者として、買われたのである。

何度も脱走を企てる反抗的な龍次に、蓮華堂の幹部たちは、悪魔的な措置を施した。

娑婆への未練を断つために、十歳の少年の幼い男根に、二匹の龍の彫物をしたのである。

それも、海綿体が充血して勃起した時にだけ、男根の表面に図柄が浮かび上がる姫様彫りで。

「見なよ、この立派な彫物を。佐渡帰りだって、こんなのは彫っちゃいねえぜ。おい、小僧っ！　ここから逃げたところでなあ、もう、お前は真面な暮らしは出来ねえんだよ！　諦めろっ！」

蓮華堂の幹部の一人である雁首の太平次は、そう言って毒づいた。

その時、何かが音を立てて砕け、少年は自分の心の一部が壊死したのを感じた。

幼い美少年の薄桃色のそれに、龍の彫物がしてあるという猟奇性に、会員たちは興奮した。

龍次は蓮華堂の花形になった。

早過ぎた諸体験のためか、連日の刺激のせいか、それとも化粧彫り（ぎょくかんぶ）の副作用であろうか、龍次の男根は驚異的に成長を遂げた。特に、玉冠部の発達が著しい（いちぢるしい）。

SEXの淫技にも、磨きがかかった。

美貌と年齢に反して、不釣り合いなほどに逞しい（たくましい）巨根と卓抜した性技に、龍次の人気は、ますます上がった。

少年は、いつも無表情だった。

父も母も、この世の人ではない。親戚は、自分を十両で売った。

軀には、奇怪な彫物を入れられ、老人相手の奇怪な観世物（みせもの）になっている。何の希望も夢もない人生だった。

長い暗黒の日々が過ぎて、龍次は十三歳になった。

そして彼は、運命の女〈おゆう〉に出逢ったのである……。

天神の勇三郎が、龍次の横顔を見て、

「事情は知らねえが……兄貴の方が逢いたくても、向こうは、そうじゃねえかも

「……」

「何っ」

常には無表情な龍次が、気色(けしき)ばんだ。

「おめえは、俺の捜してる女が、駕籠かきや馬子を雇ったって言いてえのかっ！」

「怒らねえでくれよ、兄貴。気にさわったんなら、謝るからよう」

勇三郎は、泣きべそをかいた。

「そんなことは絶対にねえ！　いいか、絶対にだっ！」

語気鋭く言いながらも、龍次は、胸の奥が凍りつくような衝撃を感じた。

（おゆうが……俺を殺そうとしている……!?）

4

甲府の町に着いたのは、秋の陽が西の山並に没して、かなり経ってからであった。

灯(あか)りの入った旅籠(はたご)の前では、女たちが大声で客引きをしている。

夜だというのに、活気に溢れていた。

江戸から三十六里。入口三万五千の大都会である。

商業も文化も盛んで、〈西江戸〉と呼ばれているほどだ。

京都から江戸へ下る歌舞伎役者は、甲府で興行を打ち、ここで当たった狂言を江戸で演じる——という。

甲州人は、武田家の遺制を尊ぶ。

奇妙なことに、江戸時代になってからも、甲斐国だけに限り甲州金が通用し、徳川幕府も、これを廃止することが出来なかった。

天正年間に築城された甲府城は、江戸に異変があった時に、幕府を移転するための城であると噂されている。

その場合の〈異変〉とは、奥州伊達家の謀叛であろうか……。

「お宿は、お決まりですか！　蔦屋、この蔦屋になさいませ！　女どもも、選り取り見取りでございますよっ！」

遣手婆ァが塩辛声で、龍次たちに言った。

旅籠には、平旅籠と飯盛旅籠の二種類がある。

平旅籠は普通の旅籠だが、飯盛旅籠の方は給仕女という名目の売春婦を置いていた。

蔦屋は、この飯盛旅籠なのである。

龍次は旅籠の部屋で客を迎えるため、普段は平旅籠にしか泊まらない。

それに、金など払わなくとも、女の方から寄ってくる。

が、龍次は、ついと遣手婆ァに近寄ると、

「選り取り見取りと言うが、一番年上で幾つかね」

「へへへ、旦那さん。古株でも、やっと二十四ですよ」

飯盛女郎の成れの果てである遣手婆ァは、気味の悪い愛想笑い（あいそ）をする。

「そうか……じゃあ、その古株をつけてもらおうか」

「はァ？　あ、あの、先月入ったばかりの、十四の娘も居りますが……」

婆ァは、目を丸くした。龍次は、形だけの微笑を浮かべて、

「私は、こってりとした年増（としま）好みでね。ああ、こっちには、若いのをつけてやってくれ」

「承知しました。はい、お二人さんのお上がり――っ！」

訳がわからずに突っ立っていた勇三郎の腕をとって、遣手婆ァは、二人を店の中に押しこむ。

濯（すす）ぎを使った龍次と勇三郎は、二階の角部屋に案内された。

気がねなく楽しめるように二部屋続きである。

「龍次兄貴、のんびり女なんか買ってる時じゃありませんよ」

案内の女中が退がるなり、勇三郎が嚙みつくように言った。

龍次は旅装を解きながら、かすかに笑う。

「まあ、楽にしな」

すぐに、夕食の膳を運んで、二人の飯盛女がやってきた。

龍次の相方は、お静といった。勇三郎のはお妙だ。

お妙は十八くらいだが、お静の方は整った顔立ちながら、どう見ても二十八、九歳である。

二十四とは、遣手婆ァも鯖を読んだものだ。

しかし、苦界に長くいるわりには、肌は荒れていない。

痩せ過ぎず太り過ぎず、肉のつき具合も、ちょうど良かった。

銚子一本を空けながら、二人は、川魚の甘露煮に山菜という夕食をとる。

「お二人とも、並の女子衆よりも美しいが、ここいらでは四月十五日に神幸祭というのがあるんですよ」

「神幸祭か」

お静は説明した。

「石和から神輿を出して、甲府を通り、竜王の信玄堤の三社明神に納めるんです。これを担ぐ若い衆は、女物の長襦袢を着なきゃいけないんですよ」

「男が女物を……？　俺らは、死んでも御免だなっ」

勇三郎は、吐き捨てるように言った。

「あら、そんなこと言っちゃいけませんよ。川の神様をおさめる、大事な神事なんだから」

お妙が、横から柔らかく窘める。

食事が終われば、後はお床入りだ。

勇三郎は気乗りがしないようだが、お妙の方が美しい客にのぼせていた。

「さあさあ、いつまでも臀を据えてたら、お静姐さんの邪魔じゃないか」

美少年の腕を引っ張って、隣の部屋へ連れていく。

「お客さんも、変わってるねえ……」

二本目の鉄銚子から、龍次の盃に清酒を注ぎながら、お静は言った。

「若い娘よりも、こんな、お婆ちゃんがいいなんてさあ」

「そうかな。女と藍革は、使えば使うほど良くなるって言うじゃねえか」

「まあ……」
お静は龍次の肩に、しなだれかかる。
〈あんたも十八！　じゃあ、同い年だねっ〉
隣の部屋から、お妙の燥いだ声が洩れて来た。
〈ほら、もう行燈は消したから、お脱ぎよ。ね……〉
お静は、くくくっと笑って、
「あれじゃあ、男と女があべこべだね」
〈ふふ、可愛い……いいのよ、あんまり大きいのは好きじゃないもん〉
それから、二人の作り物ではない喘ぎ声が重なった。
「………」
お静は、ぎゅっと龍次の肩を握る。耳にかかる息が熱かった。
龍次は、着物の上から、そっと彼女の胸を摑んでやる。乳房は豊かであった。
ややあって、お妙が悲鳴とも泣き声ともつかぬ声を上げた。
〈――もう、いいだろう〉
疲れたような、突き放したような口調で、勇三郎が言った。
〈でも、あんたは、まだ……〉

〈金は払うから、引き取ってくれ。ほらよ〉
〈えっ！〉
お妙は心底、びっくりしたらしい。
〈甲州一分金だなんて、貰い過ぎだよう〉
〈いいんだよ〉
がらり、と障子を開ける音がした。
「兄貴……ちょいと一風呂、浴びてまいりやす」
「わかった」
障子越しに、龍次は言う。少し硬い声だった。
勇三郎の足音が遠ざかると、お静は龍次の耳朶を舐めまわしながら、
「ねえ……早くゥ」
龍次は首を曲げて、彼女の口を吸った。
二人の舌が、しっとりと口腔内で絡み合う。
手を伸ばして、奥の襖を開く。
すでに夜具がのべてあった。そこへ、縺れるようにして、倒れこむ。
互いに着ている物を脱がせ合い、一糸まとわぬ全裸になった。

その美貌に似合わず、龍次の軀つきは逞しかった。

行燈の灯は、淡い。

「しゃぶらせとくれ……」

お静は逆向きになり、仰臥した龍次の下腹部に顔を伏せた。

龍次のそれは、平常の状態で、普通の男の勃起したものよりも、巨きい。

その薄桃色の肉茎を、飯盛女は両手で握った。

玉冠を含む。口の中で、舌をまわした。

「んゥ……む……」

喉をふさぐほど深く、呑む。

それから口を外して、根本から先端まで舌先で、ゆっくりと舐め上げる。

男の象徴に、次第に生命力が漲ってきた。

どくん、と血管が脈打ち、火柱のように熱く硬く膨張する。

熱心に男根への奉仕を続けるお静の大きな臀に、龍次は手を伸ばした。顔の前に移動させる。

お静の白い双丘を撫でまわし、それを左右に広げた。

深い谷間の中に隠れていたもの、それと隣接していたものの全てが、男の視界に露わになった。

まだ、荒廃してはいない。

龍次の指が、谷間の中の菫色に窄まった後門に、そっと触れると、

「くっ」

女の軀が、ぴくんと動いた。

濃い秘毛に覆われたお静の花園は、隣の睦言を聞いた時から潤んでいて、今は溢れた愛液が太腿の内側を濡らすほどであった。

それなのに、健気に花弁を震わせている秘部には目もくれず、龍次は羞恥の門の周囲を羽毛で撫でるように愛撫するのだ。

「ああ……いやァ……」

剛根を握りしめたまま、お静は臀をくねらせた。

龍次は頭をもたげると、秘蜜まみれの花園に、いきなり接吻する。

「ひっ……！」

女は仰け反った。突然の強烈過ぎる快感に、ぐったりと横たわってしまう。

龍次は上体を起こすと、女の両足首を摑んだ。

彼の巨大な凶器は、極限まで膨れ上がって薔薇色に輝き、その表面には、二匹

の美しい龍が螺旋状（らせんじょう）に巻きついている。
龍次は、お静の両足を大きく開いて、組み敷くと、女の中心部に腰を当てがった。
みしり、と男の玉冠が、熱く濡れた門に侵入を開始する。
巨（おお）きすぎる、という意味のことを、お静が叫んだ。
男の軀を押しのけようとする。
しかし、灼熱の剛根は速度を緩めずに、じりじりと女の最深部に侵攻した。
逆に、押し出された愛液が、泡立ちながら外へ零れ落ちて、夜具を濡らす。
「あ、駄目っ！　あああ……あぁっ！」
ついに、愛の肉孔は、男のもので一杯になり、これ以上一ミリも進めなくなった。
それでも、全体の三分の一ほどが、門の外に残っている。
お静の蜜壺の味は、悪くなかった。
龍次は律動を開始した。じっくりと、熟れた女体（にょたい）を責める。
「……っ!!」
お静の快楽神経を、白い焔（ほのお）が灼（や）いた。

喚いた。男の広い背中に爪を立て、その腰を両足で抱えこんだ。

牝犬のように、自ら臀を揺すり上げる。

「もっと…もっとよ！」

汗まみれになって、鱶のように貪欲に快楽を貪った。

十数年にわたる売春生活で、ただの一度も知らなかった本当の女悦であった。

数え切れないほどの絶頂を味わった末に、ついに最後の大波が来た。

大量の熔岩流が、女の深淵を抉る。

「――っ!!」

途方もない高みに持ち上げられてから、お静は、甘美な底無し穴に放りこまれた。

「お静……」

四肢を勝手な方向に投げ出して、甘ったるい快楽の燠を楽しむ女の耳元で、龍次は囁いた。

「この街道筋で一番の顔役は……誰だ」

5

　翌日の正午前――龍次と勇三郎の二人は、甲州街道の韮崎と台ケ原の中間を、肩を並べて歩いていた。

　昨日と同じく、日射しの暖かな良い天気で汗ばむほどであった。

　台ケ原の次が蔦木、その次が金沢、その先が上の諏訪で、諏訪因幡守三万石の御城下だ。

　そのまた先が下の諏訪で、これが甲州街道の終点であり、同時に中仙道の二十九番目の宿駅でもある。

　甲府から下の諏訪までは、十六里と三十一町――約六十七キロ。

　さすがの龍次も、陽のあるうちに下の諏訪に着くのは、難しいだろう。

　この辺りは甲府盆地の外れで、右手に茅ケ岳、左手に鳳凰山が、のしかかるような感じで聳えている。

　この山脈の間の道を抜けると諏訪盆地に辿り着くのである。

　昨夜、古株の飯盛女のお静から寝物語に、街道筋の親分衆について詳しい情報を聞き出したものの、龍次が思い当たる名前はなかった。

甲州街道は、卍屋になってから何度も通っているが、命を狙われるほどの揉め事を起こした覚えはない。

（渡世人ではないかも知れねえ……）と龍次は考えた。

喧嘩が商売の渡世人なら、わざわざ駕籠かきや馬子に龍次殺しを依頼する必要は、あるまい。

数に物を言わせ、長脇差を振りかざして、襲いかかってくれば良いのだ。

昨日の手口からして、敵は、秘密のうちに龍次を消したがっているのである。

では、その敵とは――これが見当もつかないのだ。

まさか、勇三郎が言ったように、〈おゆう〉が自分を殺そうとしているなどということは、あり得ないし……。

龍次は、ふと、横に勇三郎の姿がないのに気づいた。

振り向くと、二十メートルほど後方の道端に、若い渡世人は蹲みこんでいた。

「勇三郎、どうした」

龍次が駆け寄ると、両手でこめかみを押さえている少年は顔を上げて、

「……頭が痛えんだ、兄貴」

「おめえ、頭痛持ちか」

「うん……時々……我慢出来ねえほど痛くなる……」

蒼白(そうはく)だった。

「しっかりしろ」

龍次は彼を助け起こすと、百メートルほど先にある掛け茶屋まで連れていった。

五十がらみの人の良さそうな親爺(おやじ)と、二十歳(はたち)前の顔にそばかすのある娘が、二人を迎える。

龍次が病人だと言うと、

「それはいけませんな。奥へ、どうぞ」

土間の奥が二畳ばかりの切り落としの座敷になっていた。

卓をどけて、そこへ勇三郎を寝かせる。

親爺が、井戸水で濡らした手拭いを持ってきた。

龍次は礼を言って、それを少年の額(ひたい)に乗せた。

「どんな具合だ、勇三」

「ああ……少し、楽になったみたいだ……」

そこへ、娘が番茶を運んで来た。

「どうぞ」

「すいませんね」

湯呑みを口まで持っていった龍次だが、

「茶を飲むか」

そう訊(き)くと、欲しいと少年は答えた。

ざわり……と掛け茶屋の中の空気が揺れたのを、不覚にも龍次は気づかない。

後頭部に手をそえて勇三郎の頭を持ち上げ番茶を飲ませてやった。

背後にいた親爺と娘が、すうっと裏へ消える。

「げえっ！」

勇三郎が茶を吐き出したのは、その直後である。

「勇三っ!?」

嘔吐(おうと)しながら、少年は胸を掻きむしった。

同時に、長脇差を脇に構えた親爺が、悪鬼のような形相(ぎょうそう)で、龍次めがけて突っこんできた。

「ちっ」

危うく龍次は、その突きを躱(かわ)す。

目標を失った親爺は、勢い余って表まで飛び出し、俯せに倒れた。
軀の下から、じわじわと血溜りが広がる。
すれ違いざま、龍次は道中差を抜き打ちにして、親爺の腹部を薙いでいたのだ。
血振する間もなく、煮炊き場の方から皿が飛んできた。
投げたのは、そばかすの娘だ。
龍次は、わずかに頭を反らせて、飛来した皿を避ける。
「畜生っ！」
娘は勝手口から、茶屋の裏へ飛び出した。
龍次も裏へ出ようとして、反射的に首を引っこめた。
目の前三寸のところへ、鋭く鉈が振り下ろされる。
逃げたと見せかけて、娘は勝手口の蔭に隠れていたのだ。
道中差の峰で、その鉈を弾き飛ばす。
「う……」
素手になった娘は、その場に立ち尽くした。
「…………」
龍次は、無言で刀を一閃させる。

帯の前が切断された。着物が左右に開く。

「あっ！」と娘が前を押さえて、後ろ向きになると、さらに一閃。

今度は着物と下裳の背中が、真っ二つになった。

背中から臀まで、剝き出しになる。娘は、その場に踞った。

「何の毒だ」

怒りを無理に押し殺した声で、低く、龍次は問うた。

「………」

娘は震えているだけだ。

龍次は無造作に、道中差を振った。

娘の頭から切断された髷が、ぽろりと落ち、残った髪がばらけた。

「ひいっ」

頭をおさえて、娘は転がった。

大きく開いた太腿の奥が、陽に晒け出される。

その娘の鼻先へ、龍次は刀を突きつけた。

「い、石見銀山だよおっ！」

娘は叫んだ。

臀の下に、失禁の生温かい水溜りが出来る。

石見銀山鼠取り——無味無臭白色の亜砒酸のことである。

別名を與石、砒石とも言う。

亜砒酸は水には溶けないが、温水には溶ける。致死量は、五乃至七ミリグラム。

この時代——日本で最も有名な毒薬だ。

「誰に頼まれた」

「志摩屋……半右衛門」

「半右衛門……？」

昨夜、お静が教えてくれた名前の一つだ。

上の諏訪に店を構え、甲州の絹織物を一手に引き受けている、分限者である。

老中・松平定信が奢侈禁止令を出したために、絹の相場が大暴落を起こした。

その隙に、豊富な資金力にものをいわせて業界を牛耳ったのが、志摩屋半右衛門だ。

元は関西の方で商売をしていたというが、その素性を知る者はいないという。

しかし龍次は、志摩屋に面識もなければ、何の関わりもない。

「その志摩屋が、なぜ……俺の命を狙うのだ」

「知らない。ほんとに知らないんだようっ」
店の中で、勇三郎の呻き声がした。
龍次の注意が、そちらに逸れた瞬間、娘が着物の中から短刀を抜き出す。
それで龍次の腹を刺そうとした――が、一瞬早く、男の刀が娘の心臓を貫いた。
「あ……？」
信じられない、という表情で、裸の女刺客は前のめりに倒れる。
刀を鞘に納めた龍次は、店の中に飛びこんだ。
丼に薄い食塩水をつくり、それを勇三郎に飲ませて、吐かせる。
胃洗浄だ。それを三回行う。
どうやら、勇三郎は命を取り止めた。
それから、忍冬の煎じ薬を飲ませる。浄血と解毒の効果がある漢方薬だ。
容体がやや落ち着いたところで、龍次は勇三郎を背負い帯で縛った。
両手に自分の荷物と少年のを持って、店の裏へ出る。
死体が二つも転がっている店の中で、のんびりと看病などしていられない。
龍次は裏山に登った。
林の中の獣道を頼りに、奥へ奥へと進む。

四半刻(しはんとき)——三十分ほど歩いたところで、無人の薪小屋(たきぎ)が見つかった。

中は、板の間しかないが、ちゃんと囲炉裏(いろり)が切ってある。

そのそばへ勇三郎を寝かせて火を燃やした。

薪に不自由はしない。

しばらくすると、勇三郎は汗だくになった。

荷物の中から下着の替えを出して、龍次は少年の着物や川並(かわなみ)を脱がせた。

そして、濡れた下帯(したおび)を外してやる。

「う……!?」

龍次は驚愕(きょうがく)した。

自分の目で見たものが、信じられなかった。

下総無宿・天神の勇三郎の局部には、男性器と女性器が両方あったのである。

6

双形(ふたなり)——半陰陽(はんいんよう)のことを、こう呼ぶ。

半陰陽とは、胎児の段階で性の分化に異常が起こり、外性器及び内性器が、男性型と女性型が混合した形態になってしまったものである。

その外見は、右側が陰嚢で左側が大陰唇と二分割されているものから、男性器の割合が大きいもの、又はその逆など、様々だ。

その原因は、性染色体の異常によるものと考えられるが、まだ解明されてはいない。

「そうか……兄貴に見られちまったのか……」

夕方になって昏睡から醒めた勇三郎は、諦めたように、ぽつりぽつりと話し始めた。

――勇三郎は、明田村の百姓の子供で、五人兄弟の末っ子で、長女として生まれた。

生まれた時の外見は確かに女性器で、誰も〈彼〉が女子であることを疑わなかった。

愛くるしい顔立ちで、「この子は大きくなったら、別嬪になるぞ」と、よく言われたらしい。

ところが、十四、五歳になっても、胸は膨らまないし初潮も訪れない。

しばしば、頭痛に悩まされるようになった。

そして十六歳の時に、高熱を発して十日あまりも生死の境を彷徨った。ようやく回復したが、その直後から、陰核が異常に発達して、男根のような形状になってしまったのである。

つまり、変形陰核の下部に陰裂があるという形だ。

蔦屋のお妙は、肥大した変形陰核を男根と間違えたのである。

女子が男性に、男子が女性に変化するという話は、『耳嚢』『和漢三才図会』『奇異雑談』『病草紙』などに記載されている。

前者を変成男子、後者を変成女子という。

勇三郎の場合、普通型男性半陰陽として睾丸を内蔵して生まれたのが、思春期になって異常な量の男性ホルモンが分泌され、劇的な男性化が起こったのだ。

そのきっかけが頭痛だとすると、おそらくは脳下垂体の近くに悪性腫瘍が出来たのに違いない。

無論、この時代に生きている龍次たちに、そんな知識はないが。

——とにかく、女から男に変わってしまった勇三郎の驚きと絶望は、筆舌に尽くし難い。

家族は、これをひた隠しにしたが、年頃なのに嫁にも行かず、友達と一緒に風呂にはいらないから、自然と真相は村中に洩れた。

そうなると今度は、近在の者が〈見物〉にやってくるし、噂を聞きつけて、江戸は両国広小路の興行師まで来る始末である。

しかし、村にいても観世物小屋にいるのと、かわりない。

子供たちが『男女っ！』と囃したてながら、石を投げつけるのだ。

勇三郎は、家を村を捨てた。無宿人になった。

それ以外に、道はなかったのだ……。

「…………」

龍次は、無言で勇三郎の横顔を見つめた。

世の中には、自分に責任がなくとも、普通の社会から弾き出される者がいる。

勇三郎がそうであり、龍次もまた、そうであった。

観世物のまま生きているのが嫌だった――という勇三郎の言葉が、龍次の胸を抉った。

汚らしい爺いどもの性の観世物だった龍次には誰よりも、その気持ちがわかるのである。

「それで」と龍次は訊いた。

「女……いや、子供の頃は、何て名前だったんだ」

「勇だよ、勇ましいの勇。母ちゃんが、つけてくれたんだって」

「お勇」

「父ちゃんは、そんな名前だから、お勇は男になっちまったんだって、母ちゃんを殴ったっけ……」

「勇三郎」龍次は緊張した声で、訊いた。

「おめえ、江戸へ行ったことはないか。十歳くらいの時に」

「江戸……？　そういえば、江戸に奉公に出た佐吉兄ちゃんに会いに、父ちゃん母ちゃんと一緒に行ったことがあるらしいけど」

勇三郎は弱々しい笑みを見せて、

「俺ら、頭痛がするようになってから、昔のこと、良く覚えてなくて……」

「勇三郎……いや、お勇！　聞いてくれ！」

龍次は話した――自分の過去と、蓮華堂でのおゆうとの出逢いを。

そしておゆうの背中には、鳳凰の姫様彫りがされていることを。

それを確認するためには、性交による強烈な快楽が必要なことを。

「わかったよ、兄貴。俺が、そのおゆうさんじゃないかっていうんだね」

「そうだ」

お勇は顔を伏せた。耳まで真っ赤になっている。

ややあってから、蚊(か)の鳴くような声で、

「俺らみてえな軀(からだ)の奴で良かったら……いいよ……確かめて」

「勇三……」

龍次はお勇の肩を抱いた。

目を閉じて震えているお勇の唇に、自分のそれを重ねる。

本物のおゆうかどうか知りたいという気持ちよりも、女として生まれながら女の歓びを知らないお勇に対する憐憫(れんびん)の情(じょう)の方が強い。

龍次は、舌先で相手の唇を嬲(なぶ)りながら、着物の前を開いた……。

半刻後――二人は全裸で、薪小屋の天井を眺めていた。

「ごめんよ、兄貴……」

龍次の広い胸に頬を押しつけて、お勇は言った。

「何を謝る」

「俺らが、兄貴の捜している、おゆうさんじゃなくて」

「馬鹿野郎……」

龍次は微笑して、お勇の背中を撫でる。

双形ながら、お勇の女性としての機能は、無事であった。絶頂を感じることが出来た。

しかし、その背中に鳳凰の画は浮かび上がらなかったのである。

「まだ、こんなに……」

そう呟きながら、お勇は男の下腹部に左手を滑らせた。

龍次のそれは、硬度を維持したままで、隆々として濡れ光っている。

お勇の細い指が、双龍根の根本に絡みついた。

熱い。太すぎて、指がまわらない。

お勇は軀をずらせて、男の象徴に顔を近づけた。眩しそうな表情になる。

右手も添えた。両手で握っても、長大な雄根は、たっぷりと余っている。

「ああ……」

自分に初めて女としての歓びを与えてくれた逞しいものの玉冠部に、お勇は、頬をすりつけた。

それから、目を閉じて、先端の切れこみに唇を押しあてる。

舌先で、おずおずと玉冠部をさぐる。

そして大きく口を開いて、玉冠部を呑みこんだ。

両手で茎部を握ったまま、頭を上下させる。

息遣いは苦しげだが、頬が桜色に上気している。

汗に濡れた黒い絹糸のような前髪が、額(ひたい)の前で揺れていた。

お勇は巨根から口を外し、熱病に罹(かか)ったように潤んだ目を龍次に向けて、

「ねえ、これでいいの」

龍次が頷くと、嬉しそうに微笑(ほほえ)んで、再び男根に唇を寄せた。

目を細めて、奇怪な二匹の龍が絡みついた茎部に、舌を這(は)わせる。

一人遊びをする幼児の如く無心に、上から下へ、下から上へと、己(おの)れの肉体の全てを捧げた男性の御柱(みはしら)を舐めまわした。

が、その幸福そうな顔に、急に不安の翳(かげ)がさす。

しばらくの間、巨茎を両手で擦りながら、お勇は躊躇(ちゅうちょ)していた。

しかし、ようやく決心して、顔を上げ、

「兄貴、聞いてもらいたいことがあるんだ。今まで黙っていたけど、実は俺ら……」

お勇が何か言いかけた時、龍次は飛び起きた。

道中差を摑んで、お勇へ着物を放る。

「どうしたんだ、兄貴」

「──囲まれてる」

「ええっ⁉」

素早く身支度を整えた龍次は、

「ここから出るんじゃねえぞ」

そうお勇に言ってから、板戸を開き、外へ出た。

喧嘩支度をした六人の男が、月明かりの中に立っていた。いずれも、渡世人である。

「卍屋龍次！　死んで貰うぜっ！」

頭目らしい男が、吠えた。

「死ぬには、それなりの理由がいるぜ。そこに隠れている奴、説明してもらおうか」

杉の大木の陰から、頭巾を被った商人風の男が出てきた。

志摩屋半右衛門であろう。

「理由は、お前が知ってるはずだ。あの達磨屋から買った石見銀山は効かなかったようだが、これだけの闇討ち屋を相手にしては、勝ち目があるまい」

頭巾の下から、くぐもった声で、半右衛門は言った。

「やれっ」

六人の渡世人が、一斉に抜刀した。

が、そいつらが斬りかかってくるよりも先に、龍次の方が右へ跳んだ。

不意をつかれた右端の奴を、抜き打ちに斬る。

そいつが、倒れるよりも早く、二人目の奴の両腕を斬り落とす。

三人目の奴は、逃げ腰になった。

踏みこむと、愚かにも、背中を向けて逃げようとする。

その背中が大きく裂けて、鮮血を噴いた。

残りは、三人。

龍次は、そいつらに目を配りながら、半右衛門に近づいた。

「さっきの声には、聞き覚えがあるぜ。だが、誰だか思いだせねえ。頭巾を取りな」

「何をしてる！　殺せっ！」

半右衛門は苛立(いらだ)たしげに叫んだ。

龍次の背後から、頭目格の奴が斬りかかった。

龍次は軀を開いて刃を躱すと、そいつの足を掬った。

渡世人は前のめりに倒れた。

その背中に、龍次は逆手に握った道中差を突き立てた。

串刺しだ。男は、蛙のように四肢を突っ張らせて、絶命した。

残った二人が、やけくそのような奇声をあげて、左右から突進してきた。

龍次の道中差が、月の光を二度反射すると、二人は血反吐を吐いて倒れた。

「動くなっ」

振り向くと、半右衛門の手には、いつの間にか短筒が握られている。オランダ渡りの口径十六ミリの燧石式拳銃だ。

龍次は血刀を下げたまま、頭巾の男を見つめる。

「ふふ。あの世へ送る前に、わしの素顔を見せてやろうか」

半右衛門は、左手で頭巾を剥いだ。

五十前の、商人にしては精悍すぎる風貌である。

「お前は……太平次！　生きていたのかっ！」

龍次の両眼に、憤怒の焔が燃え上がった。

志摩屋半右衛門は、蓮華堂の幹部の一人・雁首の太平次だったのである。

太平次は、十歳の龍次の男根に化粧彫りをしろと発案した男である。太平次は、にやりと嗤って、

「やっぱり、顔を見たら思い出したかい。殺そうと思って、当たりだったぜ。折角、堅気の商売で成功したんだ。わしの過去を知ってる奴ァ、生かしちゃおかねえ！」

「てめえ……」

その時、右手の繁みの中から、お勇が飛び出した。

長脇差で、太平次に斬りかかる。

反射的に、太平次はお勇に短筒を向けた。

すかさず、龍次が道中差を閃かせる。

同時に、短筒の発射音が、山の中に木霊した。

首を半ば切断された太平次は、派手に血を撒き散らしながら倒れた。

しかし、お勇もまた、その場に崩れ落ちる。

「お勇っ！」

龍次は、お勇を抱き起こした。

左胸に血が滲み出している。

「兄貴、すまねえ……俺らは兄貴の見張り役だったんだ……」

苦しそうに喘ぎながら、お勇は言った。

「喋るんじゃねえっ」

そうではないか、と龍次も気づいていた。

半年前まで百姓だった渡世人が、脇差居合などという言葉を知っているのは、おかしい。

それに、甲州は初めてと言いながら、甲州金を持っていた――。

「でも、俺ら……兄貴のお嫁さんになりたかった……よ……」

目が閉じられた。

そして、二度と開くことはなかった。

龍次は空を見上げた。

夜空には、上弦の八日月が浮かんでいた。

満月でもなく新月でもない、半月が。

「お勇……」

その半月の光を浴びながら、龍次は冷たくなっていく不幸な娘の軀を、いつまでもいつまでも抱き締めていた……。

道中ノ二　地獄谷・獣物の女

1

無残な死骸であった。

十歳くらいの男の子と、八歳くらいの女の子だ。

顔立ちが似ているところを見ると、兄妹であろう。

横湯川は幅はあるが、梅雨時以外は浅い。

川の片側は切り立った崖に、反対側は土堤を登ると街道になっている。

その崖側の河原に、川に上半身を突っこむような形で二人は倒れていたのだった。

それを見つけた湯田中宿の住民が、急いで土手側の河原に引き上げたものの、すでに絶命していた。

二人とも目を半開きにした顔は、まるで眠っているみたいに穏やかだが、その後頭部は小砂利のように砕けていた。

血は、川の水に洗い流されたらしく、ほとんど見えない。

「向こうの崖から、落っこちたんだろうな」

「何でまた、二人一緒に……」

「子供だもの。遊びに夢中になって、気がつかなかったんだよ」

「かわいそうになあ」

死骸を囲んでいた宿場の者や旅人たちが、囁き合った。

その時、街道から河原へ転げるようにして中年の女が駆け下りてきた。

「どいて、どいてくだせえっ」

野次馬たちをかき分けて、前へ出る。そして、二人を一目見るなり、

「茂吉っ、お留――っ！」

そう叫んで、死骸にしがみついた。

周りの人々も、貰い泣きする。

その野次馬の群れから、長身の旅商人が抜け出して、街道の方へ戻った。

大きな風呂敷包みを背負っていて、その菅笠の中央には、〈卍〉の焼き印が押

してあった。

卍屋龍次である。

まるで女と見間違うほどに美しい若者だった。

旅廻りの行商人なのに、日焼けのあともなく、色白である。

月代は剃らずに伸ばし、前髪を左右に分けて、左の房は頬まで垂らし、右の房は涼やかな眉にかかっていた。

目は切れ長で、睫は長く、鼻梁はひときわ高い。細面で、顎の線は鋭角をなしていた。

品の良い唇には、女たちを夢中にさせるような甘さが漂っている。

役者にしたいようないい男――という褒め言葉があるが、この若者は、並の役者や女形が束になってもかなわないほどの美形である。

が――今、その蒼みをおびた目の奥に、形容しがたいほど陰惨な翳があった。

端麗な顔を、瘦軀を、深い哀しみの色が覆っていた。

龍次は、街道を東へ歩いていく。

中仙道の二十番目の宿駅である追分から北へ向かい、越後の高田へ通じる三十五里の街道を、北国街道と呼ぶ。

佐渡奉行が役目を終えて江戸へ帰任する時、また、佐渡の金山から掘り出された御金荷を江戸へ運ぶ時に使われる街道だ。

この北国街道の最大の宿駅である善光寺から東に、上州の草津へと伸びている脇街道が、善光寺道である。

龍次が歩いているのは、この善光寺道だった。

山の中の道である。

街道の左手に横湯川が流れ、その向こうに五輪山が見えている。右手に聳えているのは、三沢山だ。

空気が湿っぽいのは、この辺り一帯が那須火山帯に属する温泉地帯だからだ。

特に、先ほど通り過ぎた湯田中宿には、十数軒の湯宿があり、湯治客で賑わっている。

横湯川とは、文字通り、湯壺の横を流れている川である。

昨日まで善光寺宿で商いをしていた龍次は、信州と上州と国境である渋峠を越え、今夜は草津に泊まるつもりだった。

寛政二年——西暦一七九〇年、陰暦九月も半ばの午後である。

徳川第十一代将軍・家斉の治世であった。

平地では秋も深まり、山中には、すでに初冬の兆しがあった。

灰色っぽい山々に囲まれた上り道を、龍次は黙々と歩く。

前方で、道は右へ曲がっている。

「いやっ！」

女の悲鳴が聞こえた。

龍次が道を曲がると、そこに二人の男女がいた。

男は喰い詰め浪人らしく、月代を伸ばし放題にし、顔中に髭が密生していた。

袴の裾はぼろぼろで、まるで古雑巾のようであった。

その浪人者が、旅姿の若い女の手首を掴み、抱きすくめている。

「やめて下さい！」

女は必死で、それを振りほどこうとしていた。

「へへへ、そんなにつれなくするものではない」

明らかに、浪人者は酔っていた。

久しぶりに安酒にありつき、酔った勢いで、通りすがりの女を手籠めにしようというのだろう。

その時になって、ようやく女の方が、龍次の存在に気づいた。

「お助け下さいましっ！」

悲鳴のように叫ぶ。

浪人は、いささか慌て気味に、龍次の方を向いた。

が、相手が武士ではなく、ただの旅商人だと知って、余裕を取り戻す。

赤く濁った目に殺気をたたえて、つかつかと近づくと、

「何だ、お前は。他人の楽しみを邪魔すると許さぬぞっ」

「…………」

龍次は無言で立っている。

酔っ払い浪人は、いきなり抜刀し、片手で振りかぶった。

「死にたいかっ！」

その瞬間、龍次の双眸に閃光が奔った。

浪人者にも、若い女にも、何も見えなかった。

瞬き一つするよりも短い時間で、龍次は腰の道中差を抜き放っていた。

抜きがけに、相手の刀を持った右腕を肘から切断し、返す刀で、さらに左を斬り落とした。

大刀を摑んだままの右腕が、空中で何回転かして、河原に落下した。

左腕は、浪人者の足元に落ちる。

「……はァ？」

浪人は、呆けたような表情で、地面に転がった己れの左腕を見つめる。

その腕と地面が、濡れた音を立てて真っ赤に染まった。

両腕の切断面から、激しく出血しているのだ。

「～～～～っ‼」

獣のような絶叫をあげて、浪人は両腕を振りまわした。

そのまま、土手から横湯川の河原に転げ落ちる。

そのまま動かなくなった。

失血死にしては早すぎるから、切断されたという精神的衝撃のあまり心臓が停止したのであろう。

「…………」

その死骸を見下ろしながら、龍次は道中差の血脂を拭い、鞘に納めた。

普段の彼ならば、峰打ちで済ませていただろう。

が、不幸な過去を持つこの男は、幼い子供の死を見ると、胸の奥から押さえようのない暴力の疼きが、こみ上げてくるのだった。

そんな状態の彼に出会ったのが、浪人者の不運であろう。

地面に落ちた風呂敷包みを背負い直して、龍次は何事もなかったかのように、歩き始めた。

女の横を通り過ぎる。

「あ、あの……っ！」

慌てて、女は追いすがった。

「危ういところをお助けいただき、有難うございました。わたくし、江戸は日本橋で呉服商を営みます鶴屋の娘で、志乃と申します」

清楚な顔立ちの美女であった。年齢は十八、九か。

「……龍次と申します」

前を見たままで、龍次は素っ気なく言った。

「突然ではございますが、わたくしどもと一緒に、この先の地獄谷にお泊りいただけませんでしょうか」

志乃は、龍次の前にまわりながら言った。

「わたくしども──というと」

仕方なく、龍次は立ち止まる。

「はい。地獄谷の湯宿には、先に姉と妹が参っております。女三人だけの旅ですので、先ほどのように無法なことを仕掛けられることもございます。龍次さん、どうか、わたくしども三人を守っていただけませんでしょうか」

「悪いが、わたしは、ただの旅商人で、用心棒じゃございません」

「わかっております。ですが、あのご浪人を斬った腕前は、並のものではありません。わたくし、奥勤めをしていた折、脇差居合なる精妙な剣法があると聞きました。先ほどの業が、それでは……」

「…………」

龍次は、品のある志乃の顔を見つめた。

日本橋の鶴屋といえば、江戸でも五本の指に入る豪商である。

そこの三姉妹が、一人の供も連れずに、信州まで旅に出るなどということが、あるのだろうか。

龍次は低く、

「地獄谷に、どんな用事があるんで」

志乃は顔を伏せて、

「はい……人を捜しております。江戸の彫物師で、陣助という人ですが……」

「彫陣(ほりじん)っ!?」

龍次の目が、かっと見開かれた。

白い顔に血が昇る。

「ご存知なので……？」

志乃が怪訝(けげん)な面持(おもも)ちで、若者を見た。

知っているもいないも、ない。

彫陣――彫師の陣助こそ、十一年前、幼い龍次の男根に双龍の姫様彫(ひめさまぼ)りをした男なのだ。

2

湯田中から半里ほど行くと、善光寺道は急に険しくなり、九十九折(つづらお)りという表現では足りないほど、うねうねと折れ曲がった道が、渋峠を越えて草津まで続く。

この難所の入口の左手にあるのが、上林村(かんばやしむら)だ。

上林村に入り、卍屋龍次と志乃は、さらに杉木立の中の細い道を行く。

左側は急な斜面で、木々の間から横湯川が見える。

その両側の河原のあちこちから、湯煙が噴き出していた。獣道にも等しい山道を四半刻も行くと、急に視界が開ける。

そこが地獄谷であった。

湯田中や上林の源泉である。

深いV字型に切れこんだ谷で、その斜面にしがみつくようにして、三軒の湯宿が建っていた。

湯宿は〈佐賀屋〉という大きい宿と、〈田崎屋〉〈亀野屋〉という小さな宿である。

二人は、佐賀屋へ入った。

そこで、先に着いていた志乃の姉と妹に紹介された。

「美於と申します。この度は、妹の危難をお救いいただき、有難うございました」

志乃より一つ年上で二十歳の美於は、目元に凄いほどの艶気がある。

笹紅をさした唇が濡れたように光っていた。

「千代といいます。あたしからも、お礼を申し上げます」

妹の千代は十八歳。

姉二人に比べると、顔立ちはやや丸く、黒目がちの大きな目をしている。

龍次の端麗な顔を、眩しそうに見ていた。

三人とも、雪のように白く、肌理の細かい肌をしている。

この時代――〈少女〉とは十二歳までで、十三歳からは〈娘〉と呼ばれる。

庶民の女性は、十四、五歳で嫁にゆくのは珍しくなく、遅くとも十八歳が適齢期の限度だった。

二十歳の女で〈年増〉、二十代後半では、気の毒にも〈大年増〉と呼ばれてしまう。

一説には三十代半ばといわれるほど平均寿命が短く、栄養状態が悪いのと医学が未発達なために、乳幼児の死亡率が異常に高かった。

そのため、女性はなるべく早く結婚して、なるべく多くの子供を産むことを、求められたのである。つまり、女が十代後半で二、三人の子持ちになるのも、普通だったのだ。

吉原の遊女は十四歳から客をとるし、太田道灌の末裔であるお勝の方は、十三歳で徳川家康の愛妾となった。

武士階級では、男子は十五歳で元服――成人式を行なう。

それゆえ――現代の感覚で、この時代の人々の心理や行動を理解するためには、彼らの実年齢、五歳から十歳ほど上乗せしなければ、ならないだろう……。

この三人姉妹は、二十・十九・十八で未婚というのだから、かなり珍しい。

それに、庶民の娘は〈幸(ゆき)〉〈光(みつ)〉のように一文字の名前が普通で、〈志乃〉というように漢字二文字の武家風の名前をつけるのも、変わっていた。

彼女たちの部屋は佐賀屋の二階の奥座敷で、八畳間であった。

「お嬢さん方は、彫師の陣助に会いに、はるばる江戸からこんな信州の山奥まで、女だけでやってきたと伺いましたが、それは、どういう理由(わけ)ですか」

単刀直入な龍次の問いに、三姉妹は顔を見合わせた。

互いに視線を交わらせていたが、やがて長姉の美於が、意を決したように、

「それには、恥をお話しせねばなりません」

「伺いましょう」

「実は、わたくしたち三人は、さるお大名家の江戸屋敷で、奥勤めをしておりました」

喰い詰め浪人を斬り捨てた時に、志乃がそのようなことを言ったのを、龍次は思い出した。

つまり、御殿女中(ごてんじょちゅう)である。

大店の娘だから、生活のために働くのではない。見目形の良い娘を武家の屋敷に奉公させて、支配階級の礼儀作法を習わせることが、花嫁修業の一つとされているのだ。

仮に、主人の手がついて、その子供を産むことが出来たら、町人の身で武士と縁続きになれるのだ。

さらに、もし産んだのが男子で、正妻に嫡子がいなければ、その家の跡取りとなるわけである。まして、それが大名家ともなれば大変な名誉だ。

そこまで高望みしなくとも、その屋敷の家臣の誰かと、縁組みがまとまる可能性もある。

そのような欲心と打算から、出入り先の武家屋敷に、娘を奉公させる商人は多かった。

鶴屋もまた、そんな商人の一人なのであろう。

ただ、娘を三人とも差し出すというのは少し珍しいが。

大名の屋敷は、〈表〉〈中奥〉〈奥〉に分かれている。

表とは政務所であり、中奥は官邸だ。そして、奥が私邸にあたり、大名の妻子は、ここに住む。

奥には、原則として男性は勤務できず、女性だけが働いている。

これが奥女中、もしくは御殿女中と呼ばれるものである。

「わたくしどもの殿様は……こう申しては何ですが、生まれつき軀が弱く、三十を過ぎていらっしゃるのに……あのことに全く関心がなくて……」

「つまり、男と女の閨事ですね」

「はい……」

三姉妹は顔を伏せた。千代など、耳まで真っ赤になっている。

「その代わり、という訳でもないのですが、絵に大変な興味をお持ちで、ご自分でも、よく山水画などを描かれておりました。それだけならば、益はなくとも、さして問題もございません。ところが、今年の春、背中に彫物をした女が載った絵草紙をご覧になって、彫物に大変な興味をお持ちになったのです」

「……」

「そして、遂には、どうしても彫物をした女が見たいと仰せになって……」

「まさか、お嬢さんたち三人の軀に？」

「は、はい」

志乃と千代が、袂で目頭をおさえた。

——江戸家老の指図によって、極秘のうちに彫物師が中屋敷に呼ばれた。

江戸でも五本の指に入る彫物師の政吉こと、彫政である。

彫政は、奥女中の中から、犠牲者として鶴屋三姉妹を選んだ。

三人の肌が、墨の乗りやすい上質のものだと見抜いたのである。

主命である以上、美於たちは拒むことも出来ず、泣く泣く承知した。

下絵は、大名が自分で描いた。

その下絵に従って彫政は、美於の背中に蝶と牡丹、志乃の背中に鶯と八重桜、千代の背中に赤蜻蛉と鬼百合を彫りこんだ。

名人といわれる彫政が精根をこめ、三ケ月がかりで仕上げたものだけに、その出来栄えは見事であった。大名も喜んだ。

夜も昼も、三姉妹を素裸にして、座敷にしつらえた湯舟につからせる。

美於たちの肌が火照ると、背中の彫物が一層色鮮やかになるのであった。

その眺めに、興奮し過ぎたのかも知れない。

或る日、大名は風邪をひき、その翌日に、あっけなく急死してしまった。

大名には子供がなかった。

急遽、国許の弟君が末期養子として届けられ、これを幕府に許可されてから、ようやく大名の死亡届が出された。

　順序が逆だが、こうしなければ、お家は廃絶である。

　新藩主の誕生により、奥女中たちは皆、暇を出され、親元に帰された。

　彼女たちは、奥勤めの経験を武器にして、良縁を得ることが出来るであろう。

　しかし、鶴屋三姉妹は違った。

　背中に華麗な彫物のある娘を、どこの誰が好き好んで嫁にするだろうか。

　両親も娘たちも、嘆き悲しんだ……。

「なるほど。確か中国筋にも、そういう殿様がいましたねえ」

　出雲の松江藩十八万六千石の前藩主・松平出羽守宗衍(でわのかみむねのぶ)は、最も肌の美しい奥女中の全身に牡丹や桜など百もの花々を彫らせ、紗(しゃ)の着物をまとわせて、これを鑑賞したという。

　三姉妹の図柄を牡丹・桜・百合にしたのは亡くなった大名が、この〈出羽様の彫物女中〉のことを聞いていたからであろう。

「このままでは尼になるしかない――とまでわたくしたちが考えていた時、親しくしているお医者様から、意外な話を耳にしました」

「意外な話といいますと」

「彫物を消す方法を知っている者がいる、というのです」

「それが……彫陣ですか」

「はい。江戸で……いや、六十余州でもただ一人、彫師の陣助という人だけが彫物を消せると」

「しかし……」

　龍次は言葉を濁した。

　たしかに、彫物を消す方法はある、艾で焼き消すのだ。

　ただし、これは女郎が、馴染みの客に心中立てをするために彫る黒子や名前などの、小さいものの場合である。

　それも、火傷の跡を作って見えなくしてしまう、という荒っぽい方法だ。

　したがって、背中一面に彫ったようなものには、応用出来ないのだ。

　が、今、それを三姉妹に告げるのはためらわれた。

　それに、誰にも出来なかった彫物の完全な消去法を、本当に彫陣が発見した可能性もある。

　そうすると、龍次の男根に彫られた、あの忌まわしい双龍も、消せるのだろうか。

「――早速に、陣助という人の家を捜しあてました」

美於は、話を続けた。

「ところが、博奕（ばくち）のお金のことで不義理をしたとかで、陣助さんは江戸を逃げた後だったのです」

「それで、彫陣を追って、お嬢さん方は旅に出たわけですか」

「はい、そうです。旅に出て一月（ひとつき）……ようやく陣助さんが、この地獄谷の佐賀屋で下男をしているとわかりました」

「で、奴にはお会いになったので？」

「それが、草津まで用足しに行っているそうで、明日の夕方には戻るそうです」

「明日の夕方……」

龍次は考える風になった。

「龍次さん」志乃が口を開いた。

「わたくしたちが供も連れずに、女だけで旅をしているのを、不審に思っていらっしゃるでしょうね」

「ええ」

「それは……わたくしたちは、江戸を立つ時に決心したのです。もしこの彫物が消せないのならば、生きていても仕方がない、三人で死のう――と」

「ええ」

「番頭や手代を連れて来れば、その者も死なねばなりません。主人の娘を死なせて、お店（たな）に戻ることは出来ませんから。だからこそ、わたくしたちは女だけで旅に出たのですっ」

「わかりました」

そこまで言うと、志乃は泣き崩れた。千代も、姉の肩にすがって泣く。

龍次は頷いた。

「用心棒がわりになりましょう」

「本当ですか！」

袂（たもと）で涙を拭いながら、志乃たちが顔を上げた。

「ただし、礼金などは要りません」

「でも、それでは……」

「いいんです。こっちには、こっちの都合があって引き受けるのですから」

龍次は、ぴしゃりと言った。

彼は考えていた――俺のものに双龍の姫様彫りをしたのが陣助なら、〈おゆう〉

の背中に鳳凰(ほうおう)を彫ったのも陣助だ。

ならば、おゆうの素性(すじょう)を知っているかも知れない！

3

龍次は静かに、湯壺に入った。

夜になって気温が下がったために、湯煙が濃霧のように谷間を覆っている。

ここは、海抜八百メートル以上あるので、夏でも涼しく、冬には大雪が降る。

ごうごうと響き渡っているのは、佐賀屋の対岸の河原から十数メートルの高さまで熱湯が噴き上がる音だ。

この地獄噴泉の噴出量は毎分三十リットル。

温度は九十九度だから、まともに浴びれば、大火傷(おおやけど)をしてしまう。

湯壺は屋外に大小六つほどあり、三つの湯宿が共同利用している。

湯壺のそばに、三方を板で囲い屋根を張っただけの簡単な脱衣所があり、そこで裸になるのだ。

脱衣所の柱には太い蠟燭(ろうそく)立てがあり、それと月光が、湯壺の照明になっていた。

地獄谷の泉質は、食塩含有の石膏性苦味泉である。源泉の温度は、六十度から八十五度。神経痛、胃腸病、高血圧症などに効能有りという。

純然たる湯治場だから、年間二万人も集まるという草津のように、楊弓屋や居酒屋、蕎麦屋などはない。

勿論、男性客に軀を売る湯女もいない。

伝説によれば、奈良時代の名僧・行基が旅の途中に、この地獄谷温泉を発見したのだという。

また、弘治元年――西暦一五五五年に噴出泉が始まったともいわれている。

遠くで、かすかに虫の音が聞こえる。

龍次は大きな湯壺の中で、ゆったりと手足を伸ばした。

着物の上からではわからないが、こうして全裸になると、美貌に似合わぬ逞しい軀である。

細身だが、良く発達した筋肉が深い影を作り、浮き彫りのようだ。

男性の象徴は、通常の状態でありながら、並の男の猛り立ったものと同じ体積だった。

江戸時代初期――宝永年間の頃までは、湯に入る時、男は専用の下帯を、女は湯文字を腰に巻く習慣があった。

が、このごろでは、男も女も完全な裸体となって、湯に入る。

それだけ、世の中が平和に慣れたということだろう。

江戸では、老中・松平越中守定信の厳しい風俗統制により、銭湯の男女混浴が禁止されていた。

だが、地方の湯治場では、混浴が当たり前であった。

龍次は、鶴屋の三姉妹の背中に彫物をさせたという大名のことを考えていた。

多分、癇癖で偏執狂的な性格であろう。

ＳＥＸが出来ないほど虚弱な上に、馬鹿な家臣どもに甘やかされて育てられれば、そうなっても無理はない。精神に欠陥があるのだ。

例の彫物大名の松平出羽守なども、そうだが、権力の座にいる者は、退屈しのぎに家臣の肉体を玩具にするくらい何とも思わない。

そういう連中が、龍次は憎かった。

彼自身――十歳の時に〈蓮華堂〉という秘密組織に売られ、性の観世物となった。

幼い男根に、勃起した時にだけ見える姫様彫りという特殊な彫物をされ、性的能力の減退した老人たちの前で、性交ショーをやらされたのである。

このような背徳的な観世物は、紀元前から存在した。

古代ローマ帝国の第二代皇帝ティベリウスは、カプリ島の別荘に多くの美少年美少女を飼い、目の前で乱交をやらせて、不能気味のものを起立させたという。

アメリカのジャーナリスト、ラッセル・トレイナーは、その著書『ロリータ・コンプレックス』の中で、次のように述べている。

第二次大戦で虐げられた人びとを解放すべき役目をになったアメリカの軍人も、ハンバート的な欲望に身を焼いた。フィリッピン群島では十、十一、十二歳およびローティーンの少女がGIに娼婦として買われたのである。

……ドイツ、フランス、イタリーにおける子供の売春は戦時中はあたりまえのことで、アメリカ兵士のハンバート族連中は外国に上陸し、戦い、征服し、解放しながら、外国の少女と性的に交わっていったのである。

一九七〇年代のアメリカでは、子供ポルノが大流行して、マフィアの資金源の一つになっていた。

一九七二年にはニューヨークで、売春で十一回も逮捕された少女がいるが、彼女は、十二歳未満だったという。

現代のアメリカの大都市には、離婚の激増と非合法ドラッグの蔓延(まんえん)によって、軀を売る十代半ばの少年少女が溢れている。

つまり、この年齢の少年少女を相手に性的欲望を満たすことは、さほど難しくない。

そのため、本当にダークサイドで商売になる子供ポルノの出演者は、赤ん坊から小学生までとなる。

その市場規模は、欧米で年間に五億ドルという巨大なものだ。

さらに、単なるSEX場面だけではなく、子供を惨殺する場面を収録した殺人ビデオも存在するといわれている。

最近の例としては——一九九七年四月にイタリアのリテナ空港で、五百万円で国際売春組織に売り飛ばされた十二歳の中国人少女が、警察に保護された。

彼女は、バンコックの秘密訓練場で性交技術を修得させられ、ヨーロッパ経由でマイアミに送られる予定だったという。

有名な避暑地であるマイアミは、経済的に豊かな老人や観光客が多いから、彼らを相手にする子供売春組織が繁盛するのだろう。

ヨーロッパで製作される子供ポルノの最大のお得意先も、なぜか、人権大国のはずのアメリカなのである……。

——蓮華堂の昏い屈辱の記憶は、龍次の五体の隅々にまで浸透していて、決して薄れることも忘れることもない。

彫師の陣助に、おゆうのことを詰問するという目的とは別に、龍次は、純粋に不幸な三姉妹の力になってやりたいと思う。

からっ、と背後の闇の中で、小石の落ちる音がした。

「っ！」

反射的に、龍次は立ち上がりながら、手拭に包んでいたものを右手に握った。

それは、T字型の鉄製の棒であった。

中国伝来の隠し武器で、〈手甲〉という。

手の中に握りこむと、拳の両側および人差し指と中指の間から、T字棒の先端が顔を出す。

この三つの先端で、相手の急所を突くのである。

上下両方左右と、どの方向にも攻撃出来るのだ。

道中差は湯の中には持ちこめないし、湯や蒸気で濡れたら、後の手入れが大変だ。

　それで龍次は、入浴の際には、この一見して武器には見えない手甲を、護身用に持っているのだ。

　空には月はあるが、音のしたあたりは木々の枝が影を落としていて、何も見えない。

「――猿ですよ」

　のんびした声で、誰かが言った。

　龍次が振り向くと、いつからそこにいたのか、湯煙の向こうに人影があった。

　手甲を手拭でくるんで、龍次は再び湯の中に沈む。

「この辺は、猿の住み処になってましてね。何百匹といるそうで。人に慣れてますから、危なくはないです。ただ、夜、戸締まりを忘れると、平気で部屋の中に入ってきて、簪なんか盗んでいくっていうんだから、ちょいと粋な畜生じゃありませんか」

　男は、ゆっくりと湯の中を近づいてきて、そう言った。

　年齢は三十前後か。

　背は高くないが、まるで布袋様のように太った男で、顔もまん丸だ。

猪首で、肩幅が驚くほど広い。

肥満体ではあるが、骨太で筋肉もみっしりとついている。

もう少し上背があれば、相撲取りと間違えるところだ。

福相で、愛想の良い微笑を浮かべているが針のように細い目に、笑いの色はない。

黒く日焼けしているところを見ると、旅商売であろうか。

「臆病なもので、つい驚いてしまいました」

龍次が言うと、男は頷いて、

「人間は臆病すぎるくらいで、ちょうど良いのですよ。なまじ自信のある人に限って、不様な死に方をするもので……来ましたな」

肩越しに、龍次が見ると、大きな猿が一匹岩蔭からこちらをうかがっていた。

餌が貰えるかどうか、様子を見ているのだろう。

「ほーい、ほーい」

男が左手で手招きした。

猿は、怖れもせずに近寄ってくる。

と、いきなり、男の右手で、ぴしっという音がした。

同時に、鋭い悲鳴をあげて、猿が飛び上がった。

すぐに、闇の中へ消える。

男は、さも可笑しそうに、腹をかかえて笑った。

龍次は、男が右手に黒い数珠を握っているのを、見た。

「へへへっ、こいつは如意珠と言いましてね。あなたが持ってるのと同じで、唐渡りの武器でさ。鉄の珠ですよ。こうやって、親指で弾きますので」

「ずいぶんと、威力がありそうですね」

男は針のような目で、龍次を見つめて、

「今のは、軽く打ちましたがね、本気でやれば、山鳥くらいは落とせます。唐の坊さんは二十四歩も離れたところから、人間の左右の目玉を打ち抜けるそうで」

「…………」

「まあ、坊さんが人を殺しちゃ、洒落になりませんな。はっはっはっ」

呵々大笑しながら、男は立ち上がった。

彼の下腹部が、龍次の目の高さになり、それが見えた。

異様な逸物であった。

下を向いているにもかかわらず、龍次のそれに劣らぬほど太く大きい。

そして、その根元からくびれまで、まるで百足が取りついたような引き攣れがあった。肉が醜く盛り上がっている。

「昔、山の中を夜旅してたら、猪に突かれましたね。命も愚息も、何とか助かったが、傷がふさがったら、この有様ですよ。まあ、怪我の功名といいますか。こいつが女どもには評判が良くてね。いや、あなたのものには負けますが」

自慢げにそう言うと、男は、湯壺を出た。

手早く着物を着て、田崎屋の方へ歩いていく。

「…………」

何者か、と男の後ろ姿を見送りながら龍次は考えた。

堅気風ではあるが、自分と同じように、護身用の武器を持って入浴するなど、普通の人間とは思えぬ。

不意に、河原で死んでいた二人の子供のことが、脳裏に浮かんだ。

喰い詰め浪人が土手を転がり落ちたのを見た時に、気づいたのだが、あの二人の姿勢は崖から落ちたにしては、不自然であった。

今の男ならば、石礫を投げて子供の後頭部を砕くなど、造作もないことではないか。

（――素性を確かめるか）

龍次は立ち上がった。その時、

「龍次さん……」

脱衣所の方で、声がした。湯煙を割って、白い裸身が、こちらへ近づいてくる。

志乃であった。

下湯を使ってから、龍次に背を向けて、すっと立った。

柳腰の優美な肢体である。

「見て下さい。これが、わたくしの彫物です」

咲き誇る八重桜の中で、鶯が唄っている図柄だが、さすが名人といわれた彫政の入魂の作だけあって、素晴らしい出来栄えである。

「見事なものですね」

龍次は言った。

たとえ、邪な目的で彫られたものであっても、龍次の男根の双龍がそうであるように、美しいものは美しいのである。

志乃は静かに、龍次のそばにすべりこんだ。

俯き、蚊の鳴くような声で、

「あの、お金を受け取っていただけないのでしたら……せめて、この、わたくしの……」

「お志乃さん、馬鹿なことを言うもんじゃありません」

「わたくしが……お嫌いですか」

訴えるような眼差しで、志乃は龍次を見つめる。

そして、

「お願い……！」

龍次の広い胸に、飛びこんだ。

「──志乃さん」

女の頤に親指をかけて、上を向かせた。

志乃は目を閉じて、唇を震わせている。龍次は唇を重ねた。

志乃が夢中ですがりついてくる。男の分厚い胸で、女の乳房が潰れた。

舌先で相手の唇を嬲りながら、龍次は右手を背中から腰を滑らせた。

臀の狭間を、指で撫で下ろす。

背後の秘密の蕾に触れると、

「あっ」

志乃は小さく叫んだ。

男の指は、さらに深く進行して、花園に達する。

愛撫する必要もなく、明らかに湯とは違う暖かいものが、その奥から湧き出し、龍次の指に絡みついた。

「はァ……」

切なそうに溜め息をついて、志乃は白い喉を見せた。

臀を蠢かして、身悶える。下腹部を、男のものに擦りつけた。

前に手をまわすと、歓びの肉粒が丸々と膨れ上がっていた。

意外にも、この清純そうな娘は、処女ではなかった。

男の味を、知り尽くしているようだ。

大名は役立たずだったというが、御殿奉公する前に、経験していたのだろうか。

龍次のそれは、天を差して屹立している。

その剛根の表面には、二匹の龍が絡みついていた。

彫陣の作だ。血管の上に彫られているので、生きて脈動しているように見える。

「お、お願い……」

志乃は喘いだ。

龍次は、娘を自分の腰に跨(また)がらせる。

対面座位だ。双龍根の先を、花園にあてがった。

ゆっくりと貫く。

「あ、あ、あ、こんなの……あ――――っ！」

志乃は仰(の)け反(ぞ)った。

彼女の秘洞は、髪の毛一筋の隙間(すきま)もないほど、熱い男のもので占領された。

中国の性書にいう、〈鶴交頸(かくこうけい)〉の態位である。

龍次は、志乃の桜色の乳首を咥(くわ)えて、律動を開始した。

湯の中なので、女の軀は軽すぎるほどだ。秘洞の柔襞(やわひだ)が龍次のものを、締めつける。

志乃は乱れた。

途方もなく逞しいもので、深々と抉(えぐ)られ、浅ましいほど悦声(よがりごえ)をあげる。

結合したままで、龍次は彼女の軀を後ろ向きにした。

湯壺の縁の岩を抱く獣(けもの)の姿勢をとらせて、背後から力強く責める。

「おおっ、おっ、おっ、おっ……やめて、もう……あああっ」

志乃は、もはや半狂乱であった。

背中の八重桜が、さらに鮮やかさを増している。

龍次が最後の突きをくれると、

「——っ!!」

悲鳴とも叫びともつかぬ、甲高(かんだか)い声とともに、志乃は達した。

龍次も、したたかに放った——その時、

「むっ!」

龍次は見た。女の背中に、今まで存在しなかったものが浮かび上がっているのを。

それは異国の文字であった。

そして、こう綴(つづ)られていた——〈CAN〉と。

4

ぐったりとなった志乃をかかえて佐賀屋に戻った龍次は、三姉妹の部屋に入ると、さらりと着物を脱ぎ捨てた。

下帯だけの裸体となる。

「龍次さん！　な、何をなさるのです！」

肌襦袢姿の美於が、胸を両腕で抱えるようにして言った。

「何を？」

龍次は冷ややかな嗤いを浮かべて、

「お前さんたちの好きなものを、くれてやろうというのさ。ほら、有難く受け取りなっ」

そう言いざま、美於の髪を摑み、その顔を自分の下腹部に押しつける。

そして、下帯の脇から露出させた極太の男根を、彼女の口の中にねじこんだ。

「う……うぐぐっ……！」

苦しむのに構わず、大きく腰を使って、喉の奥まで突き入れる。

すると、布団の上に放り出されていた志乃が、起き上がって姉を押し退けた。

口姦から開放された美於は、喉をおさえて咳こむ。

「あたしのものよ！　こんな凄いのは、あたしだけのものだからねっ！」

喚きながら、志乃は龍次の肉塊を咥えた。

まだ柔らかい薄桃色のそれを、頭を前後に動かし音を立ててしゃぶる。

派手に吸茎しながら、下帯を剝ぎ取った。

左手で肉茎の根元を握り、右手は重く垂れ下がった布倶里を揉みほぐす。

妹の浅ましいほどの行為を見ていた美於の目が、次第に欲情に潤み始めた。

龍次に這い寄り、その足にすがりつく。

太腿に唇を押しあて、筋肉の畝を舐めまわした。

肌襦袢を脱ぎ捨てる。

「二人で、しゃぶりな」

龍次が命じると、美於は嬉しそうに、屹立した剛根の根元を舐める。

龍次のそれは、長きも太さも、並の男性の倍以上であった。

太すぎて、女の指では摑みきれない。

そして、粘土の塊のように硬いのだ。

「お、巨きい……」

「熱いわ、火傷しそう……」

子供の足ほどもある薔薇色の巨根の根元から玉冠まで、美人姉妹が両側から舐め上げる。張り出した玉冠の縁を、薄桃色の舌が二匹の軟体動物のように這いまわった。

二人とも、お上品な仮面がはげ落ちて、牝犬のように欲望を剝き出しにしている。

　さらに、龍次の背後にまわって、彼の腰にしがみついた者がいた。

　先ほどまで、部屋の隅で震えていた千代だ。

　これも、肌襦袢や腰布を捨てて、素裸になっていた。

　男の引き締まった臀の狭間に顔を押しあて、閨事に慣れきった舌使いで、溝をくすぐる。

　それから、男の背後の門に舌先を、深々とこじ入れた。

　実の姉妹だけに、こうなると、三人の呼吸がぴたりと合う。

　有明行燈の淡い光の中で、二十歳の姉が仁王立ちになった美青年の男根を頬張り、十九歳の次姉が布倶里を舐めまわし、十八歳の妹が後門をしゃぶる——という絢爛たる痴態が展開された。

　龍次は、美於を布団の上に転がすと、四ん這いにさせる。

　背中の牡丹が見事だ。

　豊かな臀の双丘が、巨大な蹂躙者の到来を待ちかねて、ふるふると震えている。

　姉娘の背後に膝をつくと、龍次は己れの剛根を濡れそぼった秘裂にあてがう。

　そして、一気に貫いた。

「おおお……っ！」

あまりにも膨大な質量に、美於は仰け反った。

しかし龍次は、女の白い臀をしっかりと摑み、緩急自在の抜き差しで責める。

美於の内部は、よく練れていた。

相当の床上手に、仕込まれたのであろう。

千代が姉の軀の下へ、逆向きにもぐりこんだ。

往復運動が行われている結合部や姉の膨張した肉粒、男の重い布俱里などを、舌でくすぐる。

その千代の局部に、美於が顔を埋める。

志乃の方は、千代の代わりに男の臀を舐めまわしていた。

勿論、背後の門を重点的に舐める。

淫らな音が、部屋の中に響き渡った。

しばらくすると、牡丹の花弁に春雨が降った如く、美於の背中に珠の汗が噴き出した。

「もう……もう、堪忍して……目が見えない……」

息も絶え絶えに、美於は言った。

龍次の方は、汗一つかいていない。彼は、律動の速度を速めた。

そして、ついに姉娘は絶頂を迎えた。

獣物(けだもの)じみた咆哮(ほうこう)とともに、快楽の極限に昇りつめる。

「…………！」

その背中に、志乃と同じ様に異国の文字が浮かび上がった。〈ＥＮ〉――と。

美於の体内から、秘蜜にまみれた剛根を引き抜くと、龍次はそれを千代に咥(くわ)えさせた。

舌の奉仕を受けながら、十八娘の花園を調べる。案の定、生娘(きむすめ)ではなかった。

秘孔に指を差し入れると、柔襞(やわひだ)がねっとりと絡みつく。

愛液は花園から溢れて、下の門まで濡らしていた。

龍次は、千代を仰臥(ぎょうが)させると、侵入の姿勢をとった。

みしり、と玉冠が花孔入口を押し広げる。

「だ、駄目っ！　痛い！」

男に慣れた軀なのに、小柄なせいか、千代は苦痛を訴えた。

龍次のものが、並はずれて巨きいせいであろう。

美於と志乃が、妹の秘処(ひめどころ)に顔を伏せて、舌を使う。

末娘は、盛んに悦声をあげた。

十分に濡れたところで、志乃が介添え役になることにした。

龍次が胡座をかいて、それを千代が跨いだ。

千代の背中に密着した志乃が、背後から妹の秘裂を指で押し広げる。

そして、腰を下ろさせた。

「んゥ……！」

今度は、成功した。十八歳の娘の秘孔は隘路で、痛いほどであった。

志乃は、妹の軀を上下運動させながら、まだ発達途中の肉粒をいじる。

中国の性書によれば、年上の女が幼い処女の交合を助ける、この態位を〈鵾鶏臨場〉と呼ぶ。

美於が横から、龍次の口を吸う。

千代と志乃は、膝の弾力を活かして、臀を上下させた。

千代の顔には、苦痛と快楽の入り混じった複雑な表情が浮かぶ。胸乳は、まだ小ぶりだ。

「ああ……ん……」

末娘が達する兆しを見せると、龍次は志乃を脇に置いた。

千代の背中が、化粧台の丸鏡に映った。

十八歳の臀を摑むと、猛烈な追いこみをかける。

快楽の頂点で、隘路がきりきりと肉茎を締め上げた。

「あ、あぁァ――っ!!」

龍次は、美於の時には堪えていたものを、大量に放つ。

彼は、勃起も射精も、自由に制御できるのである。

白濁した熔岩流が、末娘の肉体の最深部に突入し、逆流して結合部から溢れ出た。

そして、その背中にはこういう文字が浮かび上がった――〈TO〉と。

これで、三姉妹全員の軀に、異国文字の姫様彫りがされていることが、確認出来たわけだ。

そのために、龍次は三人を抱いたのである。

男の樹液と末娘の秘蜜に濡れたものを、美於と志乃の前に突き出し、しゃぶらせる。

「ん……」

「美味(おい)しいわ……」

二人が、先を争って男女の混合液を舐め取ったところで、龍次は全裸の三姉妹を四ん這いにした。

白い臀が、左から美於・志乃・千代と、三つ並ぶ。

豊かな臀、引き締まった臀、堅くて小さな臀の三つだ。

姉娘から順に、龍次は、その臀を賞味してゆく。

何往復かする内に、三人の白い臀に赤みがさして、早くも達する気配が見えた。

一度達しているので、敏感になっているのだ。

龍次は、真ん中の志乃を貫くと、左右の臀に手を伸ばし、後門・中間地帯・肉粒の三所責めを行う。

やがて、娘たちの美しくも悩ましい三重唱が高まり、頂点に達した。

三人とも、その場に俯せになる。

その背中に浮かび上がった文字を、繋げて読むと――〈ＥＮＣＡＮＴＯ〉。

「――南蛮の言葉で、〈絶世の美〉って意味なんだってさ」

仰向けになった龍次の広い胸に、頬を押しつけて、志乃は言った。

美於と千代は、萎えることを知らぬ男の象徴に、舌で悪戯している。

志乃が語るところによれば——三人が奉公に出たのは、北陸・阿川藩の中屋敷であった。

藩の実権を握っているのは、江戸家老の沢田源之進だ。

源之進は、藩主の浜尾利兼に次々に遊び事をあてがって政事から遠ざけ、殿の意向と称して藩政を思うままにする一方で藩の公金を横領していた。

その悪金は、積もり積もって、二万両にも及ぶ。

三姉妹を見つけたのも、源之進であった。

豪商・鶴屋の娘とは真っ赤な嘘——元は深川の水茶屋で軀を売っていたのを、源之進が、その美貌と肌の美しさに目をつけたのだ。名前も、その時の源氏名だ。

そして、三人並べて、たっぷりと味見をしてから、奥女中に推挙したのである。

奥に入れた後も、自由に出入り出来る立場を利用して、三姉妹の軀を貪った。

彼女たちの背中に彫物をしたのは、実は彫政ではなく彫陣であった。

陣助を手配したのも源之進だが、その時、彼は秘密の依頼をした。

すなわち、花の図柄とは別に、あるポルトガル語を姫様彫りしろ——と。

それは何と、横領金二万両の隠し場所を示す言葉であった。

源之進には、不吉な予感があったのかも知れない。

その予感は的中し、藩主急死と新藩主誕生の間に、国家老派によって源之進は暗殺されたのである。

彼の死によって、横領金の行方は、分からなくなった。

手掛かりを知っているのは、三姉妹だけであった。

屋敷を追い出された三姉妹は、蘭学者の弟子を蕩しこんで、ＥＮＣＡＮＴＯの言葉を訊いた。

その意味は〈絶世の美〉。

これでは、三姉妹の美貌と肉体を賛美したものとしか、考えられない。

そこで美於たちは、彫陣を捜すことにした。

彫師ならば、沢田源之進から言葉の説明を受けているはずだ……。

「――二万両の隠し金かい」

龍次は天井を見上げて、呟いた。

「そうだよ。お金が見つかったら、江戸に手ごろな家を買うから、あたしたちと一緒に住んでおくれな。たんと贅沢させてあげるからさあ」

「男と女が、逆になったような台詞だな」

龍次は苦笑する。

「あたしたち、もう、龍次さんに骨抜きにされちまったからねえ」

重い袋をなめながら、美於が言った。

「毎日、この立派なものに、可愛がって貰いたいんだようォ」

双龍根に頬ずりしながら、千代も言う。

「ねえ、うんと言っておくれな……」

狂おしい表情になって、志乃は男の口を吸った。

それから、絢爛たる愛欲絵図の第三戦が開始される……。

5

ようやく龍次たちが目覚めたのは、正午（ひる）の昼前であった。

明け方まで、男一人女三人の濃厚な痴戯（ちぎ）にふけっていたのだから、無理もない。

昼食をとった龍次は、ぶらりと佐賀屋を出た。

何か静かだと思ったら、噴出泉がほとんど湯を噴いていない。

地中の圧力に、変化があったのだろうか。

岩場の方に野猿の群れを見つけると、炊事場で分けてもらった炒（い）り豆を、投げてやる。

猿たちは、先を争って豆を拾った。

その中には昨夜、如意珠を打ち当てられた大柄な奴もいた。

豆がなくなると、まだ欲しそうな猿たちを残し、簡単な木橋を渡って、龍次は田崎屋へ向かった。

外で、洗い物をしていた下女に小遣いを握らせて、あの男のことを訊く。

「ああ、達磨屋さんのことだね」

鼻の頭を赤くした下女は、頷いた。

「達磨屋……!?」

「売薬人だよ。達磨屋というのが、屋号だ。ええと、名前は玄太さんといってたなあ」

「あいつがっ！」

龍次の顔色が変わった。

越中富山の売薬人・達磨屋玄太――龍次にとって許せない相手であった。

虚言を弄して笹尾村の庄屋・大鳥八兵衛に禁断の媚薬〈姦多利素〉を、また、志摩屋半右衛門こと元蓮華堂幹部・雁首の太平次に、猛毒の石見銀山鼠取りを売りつけた男である。

旅商人の風上にも置けない外道だ。

生かしてはおけない。

「で、奴は今、いるのかい」

「いいえ。今朝、明け六つ立ちをなさいましたよ」

「立った……」

午前六時に宿を立ったということは、普通の旅人でも四里、龍次と同じ程度の足なら七里は行ってるだろう。

今さら追い駆けても、捕まえるのは難しいし、龍次には別の重要な用事がある。

「……有難うよ」

下女に礼を言ってから、龍次は踵を返した。

(今度会うことがあったら、必ず……！)

そう決心して、龍次は佐賀屋へ戻った。

部屋へ入ると、三姉妹の姿がない。

「内湯へ行かれましたよ」

女中が、そう教えてくれた。

（三人そろって内湯へ……？）

龍次の顔に、閃くものがあった。

「下働きの陣助さんは、まだ戻りませんか」

「いいえ。ついさっき、帰ってきましたけどあら……そういえば、何処へ行ったのかしら」

道中差を腰に落として、龍次は、足早に内湯の方へ向かった。

露天の湯壺は混浴なのでそれを嫌がる女性客のために、一つだけ、小屋のような造りの内湯が設けられている。

龍次は、その内湯の引き戸を開けた。

「っ！」

凄惨な光景が、そこにあった。

湯舟の横の板の間に、老人が仰向けになっている。

その両手両足を、志乃たち三姉妹が押さえつけていた。

老人は、灰色の顔で呻いている。明らかに、毒物を飲まされた症状だ。

「やめろっ！」

龍次は中に飛びこんだ。

志乃たちは、不貞腐れた嗤いを浮かべて、立ち上がった。

老人は、手足を痙攣させている。

「大きな声を出さないでよ、龍次さん。こっちの知りたいことは、わかったんだ。石見銀山を、たっぷり飲ませてやったから、この爺イ、もう助からないよ」

「石見銀山……まさか、あの売薬人から買ったのか！」

「まあね」

三人は、外へ出て行った。

龍次は、彫陣を抱き起こし、

「頼むっ！　八年前に、お前さんは、〈おゆう〉という女の子の背中に、鳳凰の姫様彫りをしただろう！　その子の素性を知っていたら、教えてくれ！」

老人は、赤黒く濁った目を見開いた。

「……お、ゆ、う」

「そうだ。蓮華堂から頼まれた、十歳の女の子だよ！」

陣助の口が開いた。

「………………」

が、声は聞こえない。

「何だって!?」

龍次は、老人の口に耳を近づけた。

しゃがれ声で、ゆっくりと、彼は言った。

「ち、畜生……」

それだけ言うと、がくんと首を落としてしまう。

「………」

龍次は、立ち上がった。

おゆうに関する最大の手掛かりは、ここで絶えた。

彫師陣助は自分に毒を盛った三姉妹に対する恨みの言葉だけを残して、死んだのである。

龍次の心を苦い絶望の影が満たした。

その時、

「あ――っ!!」

外から、女の悲鳴が聞こえた。美於の声だった。

龍次は、外へ飛び出した。

河原に、蘇芳の汁を浴びたような姿で、美於が倒れていた。

千代は、しゃがみこんで、姉の軀を揺すっている。

二人の近くに、血刀を下げた武士が立っていた。

阿川藩の放った刺客であろう。

「殺さないで！　隠し金の在り処は、教えますからっ！」

千代が泣きながら喚いた。

離れたところで匕首を構えた志乃が、柳眉を逆立てて、

「馬鹿っ！　喋るんじゃないよ！」

「――どこだ」

武士が、低く問うた。

「〈甘湯園〉……下屋敷のお庭にある、薬草園の中ですっ」

ＥＮＣＡＮＴＯとは、ポルトガル語ではなく、日本語のアナグラムだったのである。

「そうか……」

武士は、刀を横に払った。

切断された十八娘の首が、数メートル先に落ちる。

その顔には驚愕の表情がこびりついていた。

大量の血を噴きながら、首のない千代の軀が前のめりに倒れる。

「お前も仲間らしいな」

武士が、龍次の方を向いた。

「二万両の隠し場所はわかったんだから、もう、満足でしょう」

「ふふ。二万両など、どうでもいい。昨日早馬で知らせが届いた。我が阿川藩は、数々の不祥事が幕府の知るところとなり、取り潰しとなったわ」

「取り潰しっ!?」と志乃。

「したがって、江戸屋敷も、お召し上げとなる。下屋敷の薬草園を掘り返すことなど、無理な相談よ」

「藩がなくなったのなら、この娘たちを斬る必要もないはずですが」

龍次が言った。

「なくなったとはいえ、主家の恥を知っている者たちだ。生かしてはおけん。それが、わしの、室井彦三郎の武士道だ」

刀を、腰の鞘に納める。

「手前勝手な話だ……」

くっ、と龍次は道中差の鯉口を切った。

その瞬間、いきなり、室井彦三郎が突進して来た。

「っ!?」

道中差を抜き合わせるヒマはなかった。

思わず、右へ飛ぶ。

龍次の眼前を、銀光が奔った。

まさに紙一重の差で、龍次は、彦三郎の抜き打ちを躱したのだった。

室井彦三郎は十分な間合をとって、ゆっくりと納刀する。

その鋭角的な顔には、驚きと賞賛に近い表情が浮かんでいた。

「わしの初太刀を躱したのは、お前が初めてだ。しかも、町人の身でな。名前を、聞いておこうか」

「卍屋の……龍次」

そう名乗った彼の襟元が、ぱっくりと裂けた。さっきの太刀先で、切り裂かれていたのだ。

道中差の柄に右手をかけたまま抜刀しない龍次を見て、彦三郎は眉をひそめる。

「道中差にて、その構え……もしや、無楽流石橋派脇差居合術ではないか」

「お侍様も、居合を遣われるようで……」

「おう。抜刀田宮流じゃ」

抜刀田宮流、または田宮流抜刀術という流派の開祖は、上州岩田村出身の田宮平兵衛重正である。

田宮平兵衛は、抜刀術の始祖である林崎甚助重信の弟子となり、後に田宮流を開いた。

平兵衛の子・田宮対馬守長勝は、まだ浜松城主であった徳川頼宣に八百石で仕え、紀州徳川家の剣法指南役となったのである……。

「そうか。河原に転がっていた、あの浪人者は、お前が斬ったのだな」

「………」

「ふむ。面白い」

彦三郎の頬に、酷薄な嗤いが浮かんだ。

「噂に聞く幻の流派・無楽流と勝負できるとは、わしも果報者よ」

「………」

「来いっ！　田宮流の奥義を見せてやる！」

そう言って、室井彦三郎は抜刀の構えをとった。

抜刀田宮流と無楽流石橋派脇差居合術の決闘である。

両者の距離は、二間半──約四・五メートル。

彦三郎の尖った両肩からは、激烈な闘気が立ち昇っている。

志乃は、身動ぎも出来ずに、立ち竦んでいた。

（強い……！）

龍次は、胸の中で呟いた。

居合の勝負は鞘の内で決まる、といわれている。

刀を抜く前に、相手の技量を見切り、闘気で威圧する。

そして、抜刀した瞬間には、すでに相手は負けているというわけだ。

今、龍次は、室井彦三郎の業前が己れのそれを凌駕していることを、ひしひしと感じていた。

しかも、彦三郎の太刀は二尺五寸。

龍次の道中差は、一尺七寸。

八寸──二十四センチの差がある。

居合術同士の一撃勝負において、刀が二十四センチも短いことは、致命的なほど不利だ。

しかも彦三郎は、抜刀の速度も龍次より迅い。

じりっ、と彦三郎は前に出た。

気圧(けお)された龍次は、後ろへ退(さ)がる。

およそ剣の立合において、後退することほど愚かな行為はないのだが、その場に踏み止まることは不可能であった。

闘気に圧(お)されて、ついに龍次は、広々と枝を伸ばした楓(かえで)の大木を背にしてしまった。

これ以上、後退は出来ない。

足場が悪いので、左右に機敏に動くことも難しい。

龍次は、蛇(へび)に睨まれた蛙(かえる)同然である。

絶体絶命だ。

「っ！」

間合を詰めた彦三郎が、絶妙の呼吸で踏みこんでくる。

ほぼ同時に樹上から、黒い影が彦三郎に跳びかかってきた。

「むっ!?」

反射的に、彦三郎はその影を斬り払った。

その隙(すき)を突いて、龍次は抜刀する。

両者は、すれ違った。

一瞬の間をおいて、彦三郎の手から大刀が落ちる。

そして、斬り割られた左の脇腹から、血と臓物が河原に音を立てて流れ落ちた。

「ぐ……」

彦三郎の額(ひたい)に、脂汗が吹き出す。

彼は首をまわして、自分が切断したものに目をやった。

右耳が裂けている大柄な猿であった。

「馬鹿……な……」

片頬に苦笑を刻んだまま、室井彦三郎の軀は、ゆっくりと血の海の中に横倒しになった。

志乃が龍次に駆け寄って来る。

「やったね、龍次さん！　これで二万両は、あたしたち二人のものだよ。なあに、召し上げ屋敷なんて、しばらくは空家にしとくもんだ。夜中に、こっそり忍びこめば、大丈夫だよ」

志乃の燥(はしや)いだ口調が、龍次は気に入らなかった。

「姉と妹が亡くなったんだ。少しは、口を慎みなせえ」

「いいじゃないか。分け前が増えて。実の姉妹だろうが、どっかの餓鬼だろうが、死んじまった方が都合が良い時があるのさ」

「何……」

龍次の双眼に、緑色の業火が宿った。

「あの湯田中宿の兄妹を殺したのは、お前か!?」

「な、何だよ、怖い顔して……仕方ないだろ。二万両の話をしてるのを聞かれちゃったんだもの。あんな貧乏人の餓鬼は、死んだ方が幸せってもんじゃないか」

ひゅう、と龍次は道中差を鋭く振った。

慣性で、河原に血脂が飛び散る。

その刀を下段に構えて、龍次は、ゆっくりと志乃に近づく。

「女、女を斬るのかいっ!」

後退りしながら、志乃は喘いだ。

「お前は、女じゃねえ。人の心を持たない獣物だ……」

歯の間から押し出すような声で、龍次は言った。

その全身から発する凄まじい殺気に、志乃は悲鳴を上げて駆け出す。

その瞬間、沈滞していた噴出泉が、轟音とともに爆発的に噴き上がった。

百度近い熱湯の大量の雨が、七色の虹を引いて、志乃の全身に降りそそぐ。

「〜〜〜っ!!!」

人間の喉から発せられるとは、到底信じられないほどの絶叫が、地獄谷に木霊(こだま)した。

髪の毛が抜け落ち全身真っ赤に膨れ上がって、もはや人間とは言えない物体が、熱い雨の中でもがく。

龍次は血脂を拭って、道中差を鞘に納めた。

斬り殺された野猿の方を向いて、片手拝みする。

あの猿は、炒り豆をもらった恩返しに、龍次の身代わりになってくれたのだろうか。

「ころ……して……殺して……」

〈物体〉が、かすれ声で呻いた。

「後生(ごしょう)だから……殺してよォ……」

龍次は、何も聞こえないかのように、佐賀屋の方へ歩き始めた。

その端正な横顔には、表情というものが一切、なかった——。

この五人の死者を出した血腥(ちなまぐさ)い事件のために、地獄谷温泉は閉鎖となり、七十余年後の元治(げんち)元年、一人の庄屋の尽力によって、ようやく再開された——と記録にはある。

道中ノ三　北陸道・黄金の女

1

一対五の喧嘩だ。

場所は、日本海に面した越後の椎谷。

江戸より九十六里、堀家一万石の城下町である。

万石未満は旗本だから、一万石といえば、大名としては最小の領地ということになる。

その城下町の外れにある茶屋の前で、騒ぎは起こった。

「てめえっ、日光の五人衆に喧嘩を売るたァ、いい度胸だ！」

「俺たちが、関八州で、その名も高い助っ人屋だと知ってのことだろうなあ！」

「今さら、勘弁してくれと頭を下げても、遅えぞっ！　そのでかい図体を、一寸刻みにしてやるぜ！」

熟柿のようなにおいを撒き散らして怒鳴っているのは、旅姿の若い渡世人たちであった。

昼間から安酒を喰らって、悪酔いしているらしく、五人とも目がすわり、顔は青ざめている。

もっとも、酔っていなければ、小なりとはいえ城下町で、長脇差を抜いたりはすまい。

相手は、大柄な雲水であった。

日に焼けた饅頭笠をかぶり、襤褸のような墨衣をまとっている。

首から下げた頭陀袋も埃で真っ黒だ。

栗の毬のような無精髭が、頬を覆っている。

七尺もある頑丈そうな錫杖を、手にしていた。

この雲水が、縁台に座って茶を飲んでいたら、よろけた渡世人が錫杖につまずいたのだ。

そして、自分の不注意なのに「わざと足を引っかけやがった！」と狂犬のように吠え立て、挙げ句の果てに光り物を抜いたのである。

「………」

六尺二寸──百九十センチ近い大男の雲水は、無言で渡世人たちを睥睨していた。

「な、何とか言いやがれっ！」

威圧感をはね返そうと、悲鳴のように甲高い声で、渡世人が喚く。

凄い威圧感だ。

「……目・鼻・耳・舌・身・意、これを六根と称す」

錆びたような声で、雲水が言った。

「何ィ？」

「美女を抱きたい、旨いものが喰いたい、豪華な屋敷に住みたい、有り余るほどの金が欲しい……この世の全ての迷いは、この六根より生ずる。されば、凡夫は常に『六根清浄』と唱えて、己れの迷いを断ち、心身を清らかにせねばならんのじゃ。わかるかな」

「……？」

五人は、ぽかんとした表情になっている。

「白昼、往来にて刃物を振りかざすとは、お主たちは、生きながら修羅道に堕ちておるようじゃ。愚僧の有り難いお経によって、救うてくれようぞ」

「こ、この……くそ坊主がっ！」

日光の五人衆の一人が、諸手突きで突っこんだ。

助っ人屋とは、縄張り争いなどで渡世人同士が喧嘩をする時に、金を貰って加勢をする〈傭兵〉のことである。

斬り合いが稼業だから、そこらの武士よりは、よほど実戦に長けていた。

その諸手突きも、中々の速さであった。

が、雲水は巨体に似合わぬ身軽さで、その突きを躱すと、

「六根清浄っ！」

錫杖で、渡世人の首筋を打つ。

そいつは、蛙みたいな格好で、地面に叩きつけられた。失神する。

「野郎っ！」

「てめえっ！」

左右から、二人が同時に襲いかかる。雲水は錫杖を水平に構えると、

「六根、清浄！」

目にも止まらぬ迅さで、左右を突いた。

右側の奴は錫杖の先端で、左側の奴は石突で鳩尾を突かれて、長脇差を落とし、その場にしゃがみこむ。

　鮮やかな業だ。

「く、くそ坊主……何かやってやがるな」

　残った二人のうち、頭目格らしい渡世人が、唸るように言った。

「鞍馬流杖術を少々、な」

　にやり、と雲水は嗤った。

「けえぇぇっ！」

　大上段に振りかぶって、一人が突っこんできた。

　錫杖の石突が半円の軌跡を描いて、そいつの顎を真下から打つ。

　顎を粉々に砕かれて、男は、吹っ飛んだ。

　その瞬間、頭目格の渡世人は、茶屋の中に飛びこんだ。

　中にいた五歳くらいの男の子を抱き上げ、

「く、来るな！　化け物坊主っ！」

　その首筋に刃を突きつける。

「やめてっ!!」

母親が金切り声を上げた。

「む……」

雲水の動きが止まった。

「近寄ったら、この餓鬼を、ぶっ殺すぞ！　その錫杖を捨てろっ！」

渡世人の目は血走り、完全に正気を失っている。

子供は怯えて、硬直したようになっていた。

「………」

仕方なく、雲水が錫杖を投げ捨てようとした時、

「うっ!?」

渡世人が白目を剝いて、ゆっくりと倒れた。

脱兎のように、その腕から逃げ出した子供は、母親に抱きついて火がついたように泣き出す。

倒れた渡世人の脇を通って、大きな風呂敷包みを背負った旅商人が外へ出て来た。

長身痩軀で、まだ若い。腰に道中差を落とし、菅笠の中央には卍の焼き印が押してある。

「いやあ、助かった。お主、中々の業前じゃのう」

雲水が旅商人に笑いかけた。

店の奥にいた旅商人が、音もなく渡世人に近づき、その脾腹を道中差の柄頭で突くのを、雲水は見たのである。

「何のことでございましょう……」

若い旅商人は、甘い低音で答えた。

「わたくし、先を急ぎますので、失礼致します」

「そうか。では、名前だけでも教えてくれぬか。愚僧は、善空と申す」

旅商人は顔を上げた。色の白い、女と見間違うほどに美しい青年であった。

青年は、静かに言った。

「――卍屋の龍次と申します」

2

寛政二年――西暦一七九〇年、陰暦九月の末。
徳川十一代将軍・家斎の治世である。

田沼主殿頭意次を蹴落として、老中の首座についた白河藩主・松平越中守定信の政治は、まさに苛斂誅求。

怨嗟の声が、巷に満ち満ちていた。

このことを、小普請組・植崎九八郎は次のように記している。

主殿頭仕置は少しの運上体の儀を止め、目立候程の事なく、其跡より却て前々に超え、諸向取立厳しく候得ば、聚斂の意、主殿頭にも上越候とも、劣るには無之……。

市中の落首に、「白河の　清き流れに　すみかねて　元の濁りの　田沼恋しき」と歌われるのも、無理はない状況であった――。

卍屋龍次は、薄曇りの空の下、北陸道を西へ向かっていた。

北陸道――中仙道六十三番目の宿駅である鳥居本から、琵琶湖の東岸を北上して、日本海沿いを東へ、府中、金沢、富山、糸魚川、高田、出雲崎と通り、新潟に至る約百二十里の街道である。

椎谷は、新潟を起点にすると、七番目の宿駅だ。

龍次は、十三番目の宿駅の柿崎に泊まるつもりだった。

先ほど、柏崎(かしわざき)の宿を通り抜けたところで、午後の行程の半ばである。まだ秋だというのに、右手に広がる日本海は鉛色にうねり、すでに冬の景色であった。

波の向こうには、黒々と佐渡島が横たわっていた。

佐渡金山は、数年前に洋式ポンプを導入して排水の便を良くしたというが、往時の活気はない。

塩分を含んだ、べとつくような風が、海から吹きよせてくる。

街道には、人影が絶えていた。

東北地方を中心とした天明の大飢饉(だいききん)の余波から、未だに、この地方は完全には立ち直ってはいなかった。

越後平野の付近は、世界でも有数の豪雪地帯だから、米の単作しか出来ない。

何しろ、積雪が三、四尺では「薄し」。五、六尺では「常のこと」。

七、八尺――二メートル以上積もって、ようやく「深し」という土地である。

そのくせ、春や夏には、フェーン現象によって山から暑い乾燥した風が吹き下ろして、気温が上がる。

農業は、あまり期待出来ないから、主産業は漁業といっても良かった。

前方に、右へ入る脇道がある。

その道は、岬の方へ続いていた。

岬には、日蓮上人が三十番神を勧請したと伝えられる番神堂がある。

左手に聳えているのは、標高九九二・六メートルの米山で、その山裾が急角度に海に落ちこんでいた。

米山の山頂に祀られている米山薬師は、雨乞いの神様として、地元の人々に信仰されている。

番神堂への脇道を過ぎたあたりで、

「…………」

龍次は立ち止まった。

風に混じって、何か、声が聞こえたような気がしたのだ。

周囲を見まわす。

「む……」

街道の左側が五メートルほどの低い崖になっていて、その下の岩場に人間が仰向けに倒れているのが見えた。

先ほどの脇道まで戻り、風呂敷包みを背負ったまま、傾斜のやや緩やかな崖を降りる。

岩場に着くと、倒れている男に近づいた。

旅姿の、中年の侍であった。

近くに大刀が転がっているところを見ると、単に、足を滑らせて崖から落ちたわけではないらしい。

頭部は血まみれで、周囲の岩は蘇芳の汁をぶち撒けたみたいだが、まだ息がある。

「もし……しっかりなさいまし」

龍次が静かに抱き起こすと、呻きながら、侍は目を開いた。

「た……頼む……」

震える手で、懐から袱紗の包みを取り出した。

「これを……倉崎村の、おゆうに……渡してくれ……」

「っ！」

おゆう、と聞いて、龍次の目に鋭い光が走った。

「拙者から、と……稲葉信之助からと……」

「稲葉様、そのおゆうというのは、どういう方なので？」

中年の侍の唇が、歪んだ。

微笑んだのかも知れない。

「……十八になる……天女のように美しい娘……」

がくっ、と稲葉信之助は頭を垂れた。

龍次が首筋に触れたが、脈は途絶えている。

包みを開くと、見事な出来栄えの鼈甲製の蒔絵櫛であった。

価は、五両と下るまい。

高価な髪飾りを所持しているし、衣服からしても、それなりに身分のある武士のようだが、供の者がいないのは、どういう訳か。

龍次は櫛を懐に仕舞い、死骸を横たえる。

それから、落ちている刀を拾い上げた。

物打ちの部分に、僅かに血脂が付着している。

稲葉信之助を崖から突き落とした、犯人の血であろうか。

普通ならば、死に際には、犯人の名前を言うはずだ。

それなのに、稲葉は女に櫛を渡してくれとだけ懇願して、息を引き取った。

よほど惚れている女なのだろう。

しかも女の名が、十八歳の〈おゆう〉。

それは、卍屋龍次が命賭けで捜している娘の名前でもあった。

3

卍屋龍次は、孤児(みなしご)である。

両親は、明和の大火で死亡。当時、三歳だった龍次は、親戚の棒手振り(ぼてふり)一家に引き取られた。

極貧の中、養父母に虐待されながらも、龍次は美しい少年に成長した。

そして十歳の時に、〈蓮華堂(れんげどう)〉という秘密倶楽部に買われたのである。

そこは、隠居した大名や豪商、大身(たいしん)の旗本などを会員にして、性的能力の減退した彼らのために、十歳前後の子供たちの背徳的なSEXショーを観せる所だった。

龍次は、その性交ショーの出演者としてスカウトされたのだ。

先輩である十三歳の少女に、龍次は筆下ろしされた。

そして、反抗的な態度をとったため、幼い男根に二匹の龍の彫物をされたのである。

それも、男根が勃起した時にだけ図柄が見える〈姫様彫り〉という特殊な彫物だ。

双龍の彫物によって、龍次の反抗心は粉々に打ち砕かれたのである。

それから、三年間——龍次は意思を持たないＳＥＸ人形として、幹部たちの言う通りに舞台をこなしてきた。

そんなある日、龍次は新しい相方に引き会わされた。

運命の少女、〈おゆう〉であった。

まるで、この世に人間として生まれてきたことが何かの間違いではないか、と思われるほどに清らかで愛くるしい美少女だった。

十歳のおゆうは、対になった男女雛の土鈴を持っていて、その女雛の鈴を龍次にくれた。

二人で土鈴を鳴らしながら、おゆうは微笑した。

ごく自然に、龍次も笑みを返した。

汚れなき美少女の微笑みが、龍次に、人間らしい感情を呼び戻したのである。

が、その時、かねてより内偵中の町奉行所と寺社奉行の合同隊が、蓮華堂を急襲した。
暗闇の大混乱の中、おゆうは誰かに連れ去られた。龍次の名を呼びながら……。
二人の最初の出逢いが、二人の最後の別離になったのである。
以来、八年——龍次は片時たりとも、少女のことを忘れたことはない。
そのため、龍次は卍屋となって、日本全国をまわっているのだ。
自分に人間の心を取り戻してくれた、ただ一人の少女〈おゆう〉を捜すために
——。

柏崎の先には、鯨波（くじらなみ）、鉢崎（はちざき）、柿崎と宿場が並んでいるが、鯨波と鉢崎の間に、二つの村がある。

倉崎村と青海川（おうみがわ）村である。

米山の裾（すそ）が、ほとんど絶壁となって海に落ち、しかも複雑に入り組んだ海岸に貼りつくようにして、二つの村はあった。

倉崎村は、わずか十数戸。青海川村と違って浜がないので、漁業も出来ない。

猫の額（ひたい）のような田圃（たんぼ）だけが、村人たちの命の糧（かて）である。

龍次は鯨波の宿を素通りして、奇景〈猩々洞（しょうじょうどう）〉の背後を通り、街道を外れて倉

の崎村へ入った。

本来なら、鯨波宿の問屋場に、稲葉信之助のことを届け出なければならないのだが、龍次は、あえて無視した。

身分のある武士が、単独で村娘に会いにくるなど、どう考えても普通ではない。しかも、稲葉の死は、どう見ても事故ではないのだ。

もし〈おゆう〉が、彼の死に関係あるとしたら……。

龍次が宿役人に届けなかった理由は、これであった。

「もし。お尋ね致します」

菅笠を取った龍次は、村の入口にある水田のところにいた農夫に、声をかけた。

もうすぐ刈り入れの時期だが、稲穂の成長は、かんばしくないように見えた。

五十歳すぎの農夫は、腰を伸ばしながら振り向いて、

「何かね」

「はい。おゆうという娘さんのいる家は、どちらでしょうか」

「お、おゆう!?」

人の良さそうな男の顔が、強ばった。

頭から足の先まで、龍次の全身を見まわして、

「お前さん……その、おゆうって娘に、何の用だね？」

「おゆうさんに、お渡しするものがございますんで」

「渡すもの……」

「はい。稲葉信之助様というお侍から、お預かりしました」

ひっ、と農夫は喉を鳴らし、そのまま駆け出した。

他の田にいた男に駆け寄り、何事か囁く。

その村人も、驚いた顔で龍次の方を見た。

二人は、龍次に背を向けて、村の奥へ走っていった。

「…………」

しばらく待ったが、二人は戻ってこなかった。

龍次は仕方なく、村道を歩き始めた。

どの田圃からも、人の姿が消えている。

黄金色の稲穂の群れが、海からの風に波のようにうねっていた。

右手にある百姓家の方へ、行く。

勝手口の土間で、漬物樽を掻きまぜている老婆がいた。

「もし……」

小腰をかがめて龍次が声をかけると、老婆は、あわてて糠（かす）だらけの手で板戸を閉めた。

龍次は、隣の家へ行った。

細く開いていた入口の板戸は、龍次が近づくと、ぴしゃりと閉じられる。

中で赤ん坊の泣き声と、それを叱りつける押し殺した声がした。

「もし。わたくしは、怪（あや）しい者ではございません」

龍次が板戸越しに、そう声をかけた時、背後から何かが飛来した。

「っ！」

反射的に、龍次は振り返りざま、道中差（どうちゅうざし）を抜き放った。

飛んできたものを、叩き落とす。

それは、草刈り鎌であった。

村道の方に、七、八人の男がいた。

村の入口で龍次が声をかけた農夫も、まじっている。

鎌を投げたのは、その中の若い男らしい。

「こいつは一体、どういう訳で！」

抜き身を下げたまま、龍次は男たちに向かって叫んだ。

「この村では、旅の者を鎌で刺し殺す習わしでも、あるんですかいっ！」

龍次の啖呵に、男たちはたじたじとなったが、白髪の老人が前に出て、

「この村の胆煎で、太左衛門と申します」

胆煎とは、関西でいう庄屋、関東でいうところの名主である。

「ご無礼しました。この村の者は、旅の人に慣れていないもので」

「鎌を投げた理由には、なりませんねえ」

彼らが武器を所持していないことを確かめてから、龍次は道中差を鞘に納めた。

男たちが、ほっとした表情になる。

「お前様が、娘を買いにきた人買いかと思ったのですよ」

「冗談じゃありません。わたしは、ただの卍屋です。おゆうという娘さんに、稲葉信之助様から預かりものを、渡したいだけで」

「稲葉様……聞いたことのない名前だが、どこのお侍ですかな」

「わたしにも、わかりませんよ。おゆうさんの名を言ったあと、すぐに亡くなったのでね」

「亡くなった……！」

「ええ。番神堂の近くで、崖から落ちたんですよ。わたしが見つけた時には、も

う虫の息でした」

わざと龍次は、稲葉が抜刀していたことを言わなかった。

男たちは、顔を見合わせる。

胆煎の太左衛門は、やや緊張した声で、

「それで、お前様は、そのことを鯨波宿の問屋場に届けたのですな」

「とんでもない」

龍次は、大袈裟に手を振って、

「わたしは面倒に巻きこまれたくないんです。ただ、死に際に頼まれた、これさえ渡せたらいいんです」

懐から袱紗の包みを出して、中の蒔絵櫛を男たちに見せる。

「さあ。おゆうさんに、会わせて下さいまし」

「それが……生憎、おゆうは今町の方へ使いに出てましてねえ」

太左衛門は手を伸ばして、

「そういうことなら、わたしが預かっておきましょう」

龍次は、素早く袱紗を懐にしまった。

「いや。仏様との約束だ。わたしが直接、手渡しします」

太左衛門は渋い顔になったが、白い顎髭(あごひげ)を撫でながら、

「だったら今夜は、わたしの家に泊まりなさるがいい。もうじき日も暮れる。明日には、おゆうも戻りますから」

「お言葉に甘えさせてもらいます」

龍次は頭を下げた。

「じゃあ、こっちへ」

龍次に背を向けて、太左衛門は歩き出した。他の男たちも、それに続く。

彼らのうしろを、龍次は歩きながら、観察した。

稲葉信之助と争って刀傷を負った者は、この中にはいないようであった。

4

貧しい村とはいえ、胆煎の太左衛門の屋敷は、さすがに土塀(どべい)をめぐらし長屋門を構えていた。

一番風呂をもらう。

T字型の隠し武器〈手甲(しゅこう)〉を持っていたが、誰も襲ってはこなかった。

風呂の後は、勝手口の板の間で夕食になった。

龍次は客だから、太左衛門と並んで上座に座る。

家族や使用人を紹介された。

太左衛門には息子が二人いて、両方とも結婚しており、孫も三人いる。

使用人は、男二人、女四人だ。

長男の藤兵衛(とうべえ)の姿がないのは、風邪をひいているからだそうだ。

膳には、一汁三菜と地酒がのっている。

酒は、喉を逆撫(さかな)でするような、ひどい代物(しろもの)であった。

副食の量も、ひどく少ない。

「何しろ貧乏な村なもんで、ろくなお持て成しも出来なくて、お口に合わんでしょうが……」

太左衛門は、卑屈に頭を下げた。

「とんでもありません」

龍次は、平気な顔で酒を喉の奥に放りこみ、

「ですが、今年は豊作とは言えないようですね」

「もともと、この辺りは、塩っ気のある土地ですからな。収穫の多い田を上田(じょうでん)、

まあまあなのを中田、少ないのを下田といい、その下を下下田と呼びます。この村の田はみんな、下下田ですよ」

　太左衛門も、地酒を飲みながら言った。

「隣の青梅川村と違って、浜がないから漁も出来ぬし。岩場に打ち上げられる海草を拾うか、貝や小魚を獲るくらいで、大した量にはなりません。しかも、この前の飢饉で土地が痩せましてな。三割方は、収穫が減っとります」

「それで、お年貢が定免だと、大変ですね」

　四公六民といって、江戸時代の年貢の基本は、収穫量の四割であった。

　残りの六割は、農民のものという訳だ。

　したがって、加賀百万石などといっても、領主の倉に入るのは、四十万石なのである。

　しかし、江戸時代中頃から、各藩の経営は悪化の一途をたどり、中には五公五民とか七公三民などという重税を、農民に課している藩もあった。

　税率とは別に、その基本になる石高——つまり収穫量の算定も、問題であった。

　普通は、数年間の平均収穫量を、その田の石高として、年貢を定める。

　これが、定免である。

だが、水害や飢饉などで凶作の時には、代官による調査が行われ、石高や税率の変更がなされる。

これを〈検見（けみ）〉といった。

その方法は、村の中の、ある田の稲を刈り取り、それを脱穀したものを基準収穫量とする。

それに、村全体の田圃（たんぼ）の面積を掛けて、村高とするのである。

「いや、定免では、わしらは首をくるしかねえです。検見をしてもらわないと……」

そこまで言って、太左衛門は、はっとした表情になった。

「こら、お峰（みね）。何をしている。お客様に酌をしねえかっ」

末席の女中に怒鳴る。

「はい、はい」

お峰と呼ばれた若い女中は、あわてて、龍次の横に来た。
十六、七の、素朴な可愛い顔立ちの娘だ。
酌をしながら、龍次の秀麗な横顔を盗み見して、頬を赤く染める。

太左衛門は、それっきり、年貢のことを語ろうとはしなかった。

卍屋が扱う秘具や秘薬のことを、尋ねる。

龍次が、独身男性用の自慰具である〈吾妻形〉のことを面白可笑しく説明すると、長男や次男の嫁は笑いを噛み殺すのに必死になった。

お峰は、彼の隣で、耳まで真っ赤になって下を向いている。

年齢を訊くと、「十八……」と恥ずかしそうに答えた。

食事が済んで、龍次は部屋に案内された。

敷地の隅にある、太左衛門が隠居した時のための離れだ。

床に入って目を閉じると、波の轟きが遠雷のようであった。

村人たちの挙動は、不審の一言に尽きる。

おゆうの名を口にしただけで、驚いて逃げ出したり、鎌で刺し殺そうとするなど、正気の沙汰ではない。

どうやら、おゆうという娘には、重大な秘密があるらしい。しかも、村中の者が、その秘密に関わっている。

それは何か。

推理をめぐらせているうちに、昼間の疲れが出て、いつしか龍次は眠りこんだ……。

——誰かが廊下に立った気配に、龍次は目を覚ました。

旅を職業にしている者の常として、睡眠中でも神経の一部は覚醒している。殺気は感じられないので、目を閉じたまま寝たふりを続ける。

音もなく障子が開いた。

忍び入ってきた人物は、龍次の寝顔を見てから、部屋の隅に置かれた荷物を探る。

そっと目を開けると、有明行燈(ありあけあんどん)の淡い光の中、白い肌襦袢(はだじゅばん)姿のお峰だとわかった。

彼女が、稲葉信之助から預けられた蒔絵の櫛を捜していることは、歴然である。

荷物の中に櫛はない。

お峰は、龍次の枕元に来て、怖る怖る敷布団の下に手を入れようとした。

その手首を、龍次が摑む。

「ひっ」

娘は、金縛(かなしば)りにあったように硬直した。

「胆煎の屋敷の女中が、枕探しとは、驚いたねえ」

龍次は、お峰の手首を摑んだまま、上体を起こした。

「違います、違いますっ」

お峰は首を振る。

「何が、どう違う」

「あたし……お客さんの……何か、想い出になるような物が欲しくて……」

俯いて、お峰は言った。

「すると何かい。わたしに、一目惚れでもしたと言うのかい」

「は、はい……」

こくん、とお峰は頷いた。

あまりに稚拙な言い訳に、龍次は笑いそうになった。

若い娘なら、忍びこんで見つかっても、こういう弁解が通用すると、太左衛門は考えたのだろう。

「そうか。だったら、お前さんのその軀に、わたしの想い出を刻みこんでやろう」

「えっ」

驚くお峰を、龍次は手早く布団の中に引きずりこんだ。

抵抗する隙を与えず、アッという間に襦袢や腰布を剝ぎ取り、十八娘を全裸にする。

刃物などは持っていなかった。

「ああ……」

お峰は両手で顔を覆った。

乳房は、まだ小さかった。乳首だけが、茱萸の実のように赤い。

下腹は平たくなっていて、肉づきの良い女神の丘だけが、ふっくらと盛り上がっている。

その部分の翳りは楕円形で、薄い。太腿を堅く閉じていても、朱色の亀裂が良く見える。

終い湯を使ったらしく、甘い匂いがした。

お峰の肢体を愛撫しようとした龍次の手が止まり、その頬に残忍ともいえる嗤いが浮かんだ。

自分も裸になると、彼女の胸を跨いで膝立ちになる。

着痩せして見えるが、美貌に似合わぬ逞しい軀であった。

龍次は、お峰の顔から両手を外して、

「目を開けなさい」

瞼を痙攣させながら、お峰は目を開いた。

眼前に、それがあった。

「っ!?」

生まれて初めて見る男性のものに、愕然とする。

まじまじと見つめた。

若者のそれは、彼女が普段から想像していたのより、はるかに巨大であった。

それでも、まだ、彼の巨砲は下を向いた休止態勢なのだ。

しかも、村の女たちが猥談で言うように、どぎつい赤銅色ではない。

赤ん坊みたいに清潔な、ピンク色であった。

「さわってごらん」と龍次。

「は……はい」

魅入られたように、お峰は両手を伸ばした。おずおずと、握る。

巨きい。柔らかくて熱い。

どくん、といきなり脈動した。

「あっ」

思わず、お峰が手を離そうとすると、

「握るんだ」

龍次が叱咤する。

「すみません……」

容積の増した肉茎を、お峰は再び握り直した。

さらに龍次は、口による愛撫を命じた。

「そ、そんなことォ……」

お峰は泣きそうになりながらも、頭をもたげて、唇を近づける。

巨砲の先端に、しっかりと閉じた唇を押しつける。噴射孔のあたりだ。

そのまま、動けない。進退窮まった感じだ。

堅く目を閉じている。

龍次は、彼女の後頭部に右手をそえた。

「口を開いて」

そう言いながら、お峰の頭を引きよせる。

玉冠部が、小さな口の中に呑みこまれた。

彼女の口内は、熱病にかかっているかのように熱い。

舌の使い方を教える。

「ん……んゥ……」

お峰は、玉冠部の縁に沿って、ぎごちなく舌をまわした。

頬が窪んでいる。

龍次は、彼女の頭を両手で支えて、ゆっくりと腰を前後させた。

だが、お峰の喉を突かないように、巨砲の半ばまでしか入れない。

硬度と体積を増した巨砲は、ついに彼女の口腔では、収容し切れなくなった。

ずぼっ、と音を立てて、乙女の口から男根を引き抜く。

お峰は、溺れかけた者のように、大きく肩で息をついた。唇の端から唾液が垂れる。

それから、そそり立つ龍次の剛根を見て、

「き、綺麗……！」

呻くように言った。

反りのある肉の巨柱は薔薇色に染まり、玉冠の鰓が大きく張り出している。

そして、その茎部には、二匹の龍が巻きついていた。姫様彫りによる双龍である。

ひくひくと生きて脈動しているように見えるのは、太い血管の上に図柄が彫ってあるからだ。

密教の知識のある者が見れば、〈性力〉の源泉であるクンダリニー――蛇の姿を、思い浮かべるであろう。

天を指す巨砲の威容には、神々しさすら感じられる。

見つめるお峰は、痴呆のような表情だ。

瞳には、霞がかかったみたいに、とろんとしていた。

無意識のうちに、太腿をこすり合わせている。

「舐めなさい。上から下まで」

龍次の言葉に、お峰は大人しく従った。

左手で雄根を握るが、太すぎて指が届かない。

その茎部に、横笛を吹くように舌を這わせる。

根本から先端へ、鰓の下のくびれから根本へ、熱心に舐めまわす。

双龍根が、処女の唾液に濡れ光った。

「堅い……石のお地蔵さんみたい……」

そう呟きながら、お峰の右手は、己れの秘所をまさぐっていた。

それを見た龍次は、お峰の下半身へ軀を移した。

膝に手をかけると、抵抗なく両足が開かれる。

充血して膨れ上がった花弁が、亀裂から、はみ出していた。透明な秘蜜が大量に溢れて、臀(しり)の方まで濡らしている。その未踏の花園を指で押し広げ、龍次が唇と舌を使うと、お峰は狂ったようになった。

肌襦袢を嚙んで、悦声(よがりごえ)を押し殺す。

泉の中に、人差し指を挿入すると、無数の肉襞(にくひだ)が絡みつく。

龍次は、己れの剛根を、乙女の花孔の入口にあてがった。

侵入を開始する。

「あ……っ！」

悲鳴をあげて逃げようとするお峰の肩を押さえて、長い時間をかけて、奥の院への埋没を完了した。

それでも、長大な男根の、かなりの部分が外に残っている。

鮮血のまじった愛液が、二人の結合部から流れ落ちた。

それから、初めて龍次は唇を重ねる。お峰は、自分の方から舌を絡めてきた。

しばらくしてから、龍次は、彼女の内部を傷つけないように、小刻みに腰を使った。

同時に、指で、花の芽や背後の門をソフトに刺激する。

「はゥ……あァ……あ……」

次第に、お峰の声が甘い喘ぎに変化してきた。

龍次の広い背中に腕をまわし、両足で男の腰を挟みこむ。

攻撃の振幅を大きくしながら、龍次はお峰の耳朶を舐めまわし、囁いた。

「――藤兵衛さんの刀傷は、ひどいのかね」

「いいえ……十日もすれば塞がるって、宗白先生が……」

そこまで言って、お峰は、はっと口をつぐんだ。

藤兵衛は、風邪ではなく刀傷で寝こんでいたのだ。

つまり、稲葉信之助と争って、彼を崖から突き落としたのは、太左衛門の長男の藤兵衛なのである。

龍次は、力強く彼女を突き上げながら、

「おゆうさんが、今町に行っているというのも、嘘だな」

「は、はいっ」

喘ぎながら、お峰は答えた。

「本当は、どこにいるんだ」

「……猩々洞に……」

「猩々洞だと？」

龍次が律動を止めると、

「あああァ……っ！」

お峰は、一人で達してしまった。

失神する。

若々しい肉襞が、龍次の巨根を甘く締めつけながら、痙攣(けいれん)した。

その余韻を十分に味わってから、龍次は、まだ爆発していないものを娘の体内から引き抜く。後始末をしてやった。

しばらくして、意識を取り戻したお峰に、おゆうのことを尋ねる。

だが、娘は「言えませんっ！」と泣きじゃくるばかりであった。

屋敷から抜け出して、猩々洞へ行こうにもお峰が放してくれない。

結局、その晩、龍次はお峰を三度抱いた。

娘の狭い花孔に、したたかに灼熱の熔岩流を注ぎこむ。

快楽に目覚めたお峰は、最後には、自分から濡れた男の凶器をしゃぶって、後始末をする。

（猩々洞に、おゆうが……）

男根を熱心に舐めまわす娘を見つめながら、龍次は眉（まゆ）を寄せた――。

5

翌日――朝食を終えた龍次は、着流し姿で散歩に出た。

昨日とはかわって、空は抜けるように青く晴れ渡っている。

用心のために、龍次は、道中差（どうちゅうざし）を腰に落としていた。

ぶらぶらと村を歩きまわるふりをしながら、猩々洞へ行くつもりだった。

だが、あちこちで農作業をしている村人たちの鋭い監視の視線を感じて、それは断念する。

胆煎の屋敷へ戻ろうかとも考えたが、彼に女にされたお峰が、人目も構わずにすり寄ってくることを考えると、鬱陶（うっとう）しい。

龍次は、村外れにある小高い丘へ足を運んだ。

三本の松の木に囲まれた、百姓家がある。

その丘からは、猩々洞の全景が見渡せるのだ。

猩々洞とは、米山の裾が海に落ちこむ鴎ケ鼻の絶壁に、波と風の浸蝕によって造られた海蝕洞窟のことである。

まるで、長芋に無数の虫喰い穴が開いたような、不気味な景色だ。

その奥行は八十五メートル、幅は十五メートルもある。

さらに、この洞窟には一万匹もの蝙蝠が棲息している。

怪物の棲む洞窟という意味の〈猩々洞〉という命名がされたのも、無理はない。

昨夜のお峰の言葉によれば、あの猩々洞の中に、おゆうが隠れているのだという。

時間的にも地理的にも、龍次が、倉崎村に来てから隠したのではない。

そうすると、おゆうは、いつも、あの洞窟にいることになる。

なぜ、若い美しい娘を、あんな海蝕洞の中に隠しておくのか……？

「――旅の人」

不意に、背後から声をかけられた。

振り向くと、野良着姿の女が立っていた。

二十代半ばであろう。

元は水商売でもしていたのか、百姓女にしては垢抜けしたところがある。

「あたしは、この家の後家で、里というんだけど……」

「こいつは、どうも。無断で庭に入って、申し訳もありませんでした」

頭を下げて、龍次は立ち去ろうとした。

「ちょっと！　稲葉様のことを知りたくないのかいっ！」

あわてて、お里が言った。

ゆっくりと、龍次は振り向いて、

「今——何と言いました？」

「ふふ。あたしはねえ、あの猩々洞のことだって知ってるんだよ」

露骨な誘いの視線を、龍次に送る。

「姑は田に行ってるから。家の中で、ゆっくり話そうじゃないか」

「………………」

二人は、勝手口から入って、土間の上がり框に腰をおろす。

すぐに、お里は抱きついてきた。

「稲葉様の話は……」

「しておくれよ。してくれたら、みんな話すからさあ」

龍次の首筋や胸元を、犬のように舐めまわす。

「ああ、久しぶりの男の匂い！　あんたのような色男に抱かれるなんて……！」
龍次は、お里に框に両手をつかせた。
背後にまわって、着物の裾と下裳を捲り上げる。
豊かな白い臀が、剝き出しになった。
双丘の下の秘部は、すでに蜜液を滴らせていた。
龍次は前を開き、意思の力で硬くしたものを、その秘裂にあてがう。
飢え切った女の孔を、一気に貫いた。
「――っ!!」
あまりにも巨大な侵入者に、お里は、仰け反った。
だが、最初の苦痛が過ぎ去ると、自ら臀を振って、龍次の巨砲を貪る。
浅ましいほど乱れた。
龍次は細かい技巧は抜きで、お里の白い臀をかかえ、突いて突いて、突きまくる。
女悦の悲鳴を押し殺すための襤褸布を、嚙み破って、お里は絶頂に達した。
夥しい蜜液を、結合部から溢れさせた。
放射しなかった男のものを断続的に締めつける。

身繕(みづくろ)いしてから、龍次は、お里に水を飲ませる。

お里は、気怠(けだる)げに口を開いた。

「稲葉様はねえ、高田藩のお代官所の手代頭(てだいがしら)だったんですよ」

「手代頭……！」

高田藩の最初の領主は、徳川家康の六男・松平忠輝(ただてる)であった。

その忠輝が改易(かいえき)されてからは、酒井家、松平家、天領、稲葉家、戸田家、松平家と、頻繁に領主が代わり、寛保(かんぽう)元年に至って、ようやく今の榊原家(さかきばらけ)十五万石となった。

現在の榊原政敦(まさあつ)は、二代目の領主である。

倉崎村は、高田藩の領地の最東端になる。

こんな辺地まで代官が検見に来る訳にはいかないので、手代頭が代行していた。

それが稲葉信之助である。

二年前に、倉崎村の一同は、年貢を大幅に減らしてもらうために、ある策を立てた。

つまり、絶世の美女〈おゆう〉を信之助の夜伽(よとぎ)に差し出して、嘘の村高を代官所に報告してもらったのだ。

昨年の検見の時も、おゆうの美肉に溺れた稲葉信之助は、虚偽の報告をした。

おかげで倉崎村の住民は、大いに助かり、隠し米まで蓄えることが出来た。

ところが今年、信之助は役目替えになり、新しい手代頭が検見を行うとの通達が、村に来た。

太左衛門は、今年の手代頭にも、おゆうを抱かせるつもりだった。

しかし、おさまらないのは稲葉信之助であった。

五年前に妻を亡くし、遊び事を全く知らない彼は、おゆうに本気で惚れてしまったのである。

信之助はわざわざ新潟まで行って、おゆうに贈るために江戸の蒔絵櫛を買い、倉崎村に来る途中に、胆煎の息子・藤兵衛と会ったのである。

信之助は、おゆうを引き取りたいと言った。

そうでないと、虚偽の報告をしていたことを、訴え出るとまで言った。

かっとなった藤兵衛は、棒切れを振りまわして、信之助を崖から叩き落としたのであった……。

「なるほど、村ぐるみで、年貢の誤魔化しを……。道理で、俺を殺そうとした訳だ」

龍次は唸った。

「おゆうはねえ、猩々洞の奥にある岩室に隠れてるんだ。村の者が入る時には、石を三回と二回、打ち合わせる。それが、合図さ」

「今も、あそこに居るんだな」

「居るとも。会いにいってみな。驚くよォ」

「あんまり綺麗だからかい」

「それもあるけど、何しろ、おゆうってのは……」

人の気配に、お里は口をつぐんだ。

見ると、太左衛門たち数人の村人が、裏庭にまわってきている。

「龍次さん。こちら、でしたか」

「はい。水を一杯、いただいてました」

「ほう」

疑わし気に、太左衛門は龍次とお里を、じろりと見て、

「だったら、家で茶を飲みなせえまし」

6

昼食をとっていると、あれほど晴れていた空が俄に暗くなり、大粒の雨が降ってきた。すぐに、天の河が破れたような、物凄い降りになる。風も強い。

太左衛門たちが、大慌てで農具などをしまっている間に、龍次は悠々と食事を済ませる。

そして、昼食にも出た地酒に酔ったふりをして、離れに引き上げた。

「龍次さん……」

お峰が来て、しきりに誘うが、悪酔いしたからと言って相手にしない。

ついに娘は、龍次の下腹部に顔を埋めて大胆に唇と舌を使ったが、凶器は柔らかいままであった。

諦めて、お峰は引き上げる。

太左衛門が、様子を見によこしたのかも知れない。

性の魔窟で成長した卍屋龍次は、勃起や射精を自由に制御できるのである。

しばらくしてから、龍次は起き上がり、手早く旅装を整えた。

予備の草鞋（わらじ）をはき、袖合羽（そでがっぱ）を着て、風呂敷包みを背負った。
誰にも見つからずに、裏門から外へ出る。
さすがに、嵐のような雨の中、誰も外を歩いている者はいなかった。
それでも龍次は、村道は使わずに、木々の陰を足早に歩く。
村を出てから、道を外れて海岸に降りた。
叩きつけるような冷たい雨の中、波が白く砕け散る岩場を、龍次は行く。
足を滑らせたら、海中に転落するだろう。
さすがの龍次も呼吸が荒くなった。
ようやく、手前の洞窟口に入ることが出来た。
龍次は袖合羽を脱ぐと、折り畳み式の小田原提灯（ちょうちん）に火を入れる。
高い天井を見上げると無数の蝙蝠（こうもり）が、ぶら下がっていた。
転がっている石を二つ拾い、お里に教えられたように、三回と二回、打ち合わせる。
その音に驚いて、何匹かの蝙蝠が、天井から離れて飛びまわった。
それから、提灯を手にして、あちこち枝分かれした洞窟を、奥に向かって進む。
狸々洞の中は、ひんやりとして寒いほどだ。

途中迷ったりしたが、しばらく歩くと、奥の岩室に着いた。

広い。奥行三十メートル、幅は二十メートル、高さは十メートルもある。

その一角に、簀（す）の子（こ）を敷いた座敷のようなものがあった。

布団や火鉢、膳、行燈（あんどん）などが置いてあるが人の姿はない。

龍次は岩室の中を見まわし、もう一度、合図の石を打ち合わせて見た。

「クトー……誰っ？」

確かに女の声であった。

龍次は、声のした方に、小田原提灯を向けた。

「おゆうさん、わたしは怪（あや）しい者じゃありません。龍次と申しますっ」

ややあって、畳一枚ほどもある大岩の蔭から、一人の娘が姿を現した。

「っ!?」

龍次は心底、驚いた。

そして、なぜ、倉崎村の住民たちが、こんな所に彼女を隠していたのか、即座に理解した。

その少女の瞳は緑色で、髪は金色に輝いている。

着ているものこそ、普通の小袖だが、明らかに異国人であった。

「おゆうさん……ですね」

もはや、この娘は、彼が捜し求めている〈おゆう〉ではありえない。

苦い失望のまじった声で、龍次は訊いた。

「ダァー……はい。わたし、おゆう。ユーリャ・ドミトリエヴナ・カザノヴァです」

「オロシャか……」

龍次は、かつて、沼津の宿で相部屋になった蘭学者から、『赤蝦夷風説考』という書物のことを聞いたことがある。

それは、仙台藩医・工藤周庵が書いた本で、本州から海をへだてた蝦夷地の、そのまた向こうに、赤蝦夷が住む広大な国がある――というものだった。

その赤蝦夷――オロシャ人の髪は、金色や銀色で、海のように青い目をした者もいる、ということであった。

「ヤー、ルゥースカヤ」

片言の日本語と手まねによって、ユーリャと話した結果、やはり彼女は紅毛人や南蛮人ではなく、オロシャ人だということがわかった。

彼女は、商船マリーシャ号の船長の娘で、日本海に面した某藩と密貿易をするために、二年前の夏、ウラジオストークから出航した。

ところが、嵐のために船は難破。

空樽（あきだる）にしがみついた彼女だけが半死半生で、倉崎村の前の岩場に流れついたのである。

村人たちの必死の看病の結果、ユーリャは健康を取り戻した。

役人に見つかったら捕まって殺されるからと、猩々洞の中に住居を作り食べ物を運んでくれたのも、彼らである。

それが親切心からの行為でないとユーリャが知ったのは、その年の秋、米の収穫時期であった。

太左衛門は、高田藩の役人、つまり稲葉信之助と同衾（どうきん）するようにと命じた。

処女であるユーリャは、それを拒絶した。

すると、村人たちは悪鬼のような形相（ぎょうそう）になって彼女を罵倒し、腕をねじり上げて海に顔をつけたのである。

水責めだ。

躯（からだ）に傷をつけない拷問（ごうもん）だ。

拒めば、本当に殺すつもりだと知ったユーリャは、仕方なく夜伽（よとぎ）に出ることを承諾した。十六歳の美しいオロシャ娘は、その夜、黄色くて平べったい顔をしたサムライに、純潔を奪われたのである。

たとえ一国の太守であっても、いや将軍家といえども、黄金の美女の初穂を摘み、その美肉の隅々までも味わい尽くした者は、少ないだろう。

稲葉信之助がユーリャに夢中になり、代官所に虚偽の報告をしたのも、無理からぬことであった。

そして、その美女の肉体が他の男に供せられると知った時の、腸もちぎれんばかりの怒りと嫉妬……。

「これを。稲葉様から、預かりました」

龍次は、袱紗の包みをユーリャに渡した。黄金の娘は溜め息をもらす。

中の美しい蒔絵櫛を見て、

「イナバ様、どうしましたか」

「亡くなられました。倉崎村の藤兵衛に、殺されたのです」

殺された――という言葉に、ユーリャは蒼白になった。

龍次の襟を摑んで、

「わたし、どうなります？　わたし、タザエモンさん、どうします？」

「…………」

龍次には、答えられない質問であった。

密入国の上に、年貢誤魔化しの道具になったとなると、ただで済むわけがない。

それを察してか、ユーリャは彼にすがって咽び泣く。

異国の娘の熱い涙が、龍次の胸を濡らした。

欲望ではなく憐憫の情から、龍次はユーリャの頤に手をかけ、唇を合わせた。

娘も、自分から舌を絡ませる。

二人は、座敷に倒れこんだ。

ユーリャは、もがくようにして、着物を脱いだ。

惜しげもなく、男の目の前に、純白の裸身をさらす。黄金の美女は、秘密の翳りまでも赤みを帯びた金色であった。乳首は桜色だ。

信之助に仕込まれたらしい技巧で、手と唇で龍次の凶器を刺激する。

肉茎だけではなく、布倶里や背後の門にまでも、舌を這わせた。

龍次も彼女のローズピンクの花園を、唇で愛撫する。

熱くたぎる花孔に、巨大な双龍根が侵入した。

心中前のような激しさで、ユーリャは、自ら臀を揺すり上げた。

ロシア語で龍次の超男性的な強さを誉め讃え、哭き叫ぶ。

豊かな乳房の谷間に、汗が流れる。

二人の絶頂が、同時に訪れた。

ユーリャの花孔が激しく蠕動し、龍次の剛根から凄まじい勢いで熱水が放たれた。

そのままの姿勢で、しっかりと抱き合う。

しばらくして、火照った肌に冷気がしみるようになったので、身繕いをした。

「支度をしろ。ここから、逃げるんだ」

龍次は言った。

異国の人であっても、仮にも〈おゆう〉と呼ばれていた娘を、見殺しには出来ない。

髪の毛を黒く染めて、深い笠を被せれば、旅も可能だろう。

関所は、裏街道を抜ければ良い。

「逃げる？　リュージ、一緒？」

「そうだ。一緒に旅をするんだ。どこかに、お前さんが安心して暮らせる土地が、見つかるかも知れない」

「スパシーバ！」

ユーリャは微笑んだ。

その時、

「──そうはいかねえだぞっ！」

太左衛門の声が、岩室の中に響き渡った。

見ると、老胆煎の他に、大柄な雲水が立っている。

椎谷の宿で日光の五人衆を相手にした、あの善空であった。

「お前さん……どうして？」

にやり、と善空は笑って、

「済まんのう、龍次殿。愚僧は、金を貰って他人様を冥途へ送る、裏稼業もしておるのだ」

「闇討ち屋か……！」

「そう呼ぶ者もおる。此度は、この太左衛門殿に雇われてのう。不憫ではあるが、我が手にかかって往生してくれいっ！」

そう言いざま、七尺余の錫杖が唸りをあげて龍次を襲った。

左に跳んで、龍次は、その一撃を躱した。

鯉口は切ったが、まだ抜刀してはいない。

両者の殺気を感じてか、蝙蝠どもが、うるさく飛び騒ぐ。

「むむ、居合か。道中差の居合というと、無楽流石橋派の脇差居合術か」

「………………」

「只者でないとは、思っていたが……」

善空の額に、汗の粒が浮かぶ。

「へっ。たとえ二人で逃げたところで、十里とは行けねえだぞ。わしらが、畏れながらと訴え出れば、すぐに捕まって死罪じゃ！」

憎悪に目をぎらつかせながら、太左衛門は、ユーリャに向かって喚いた。

「この恩知らずめ！　命を助けて、飯も喰わせてやったというに、何が不満じゃっ！」

「少し黙っておれ……」

言いながら、善空は、龍次の顔面に錫杖の鋭い突きを放った。

龍次はそれを左手で受け止め、右手で道中差を鞘走らせる。

が、善空が錫杖を引くと、先端が外れて細身の槍穂が走った。

抜き放った道中差と仕込みの槍穂が激突して、暗い洞窟に火花が散った。

次の瞬間、龍次は左手に残っていた錫杖の先端を、善空に投げつけた。

雲水が、それを払い落とすのと同時に、その脇を駆け抜ける。

「む……！」

善空は、ゆっくりと振り向いた。

焦点のぼやけた目を、龍次の方へ向けて、

「ろ、六根清浄(しょうじょう)……」

そう呟(つぶや)いて、倒れる。

脇腹から、大量の血と臓物が溢れ出た。

「ひいっ！」

太左衛門は、その場に座りこんだ。

「……ユーリャ？」

道中差を鞘に納めてから、龍次は初めて、オロシャ人の娘がいないことに気づいた。

龍次が睨みつけると、太左衛門は白髪首(しらがくび)を左右に振る。

不吉な予感にとらわれて、龍次は洞窟の外へ駆け出た。

岩場に、ユーリャの姿はない。

が、ふと見上げると、絶壁の上に金色の髪の娘の姿があった。

洞窟のどこかに、上へ出る抜け道があったのだ。

「ユーリャ――っ!!」

龍次は叫んだ。

黄金の娘は、彼の方を向いて何か言った。

そして、空中に身を投げた。

「っ!!」

ユーリャの軀は岩場に叩きつけられ、海中に転落した。

泡立つ波の中に、金色の髪が幻想的に広がり、すぐに消えた。

あとには、蒔絵櫛だけが浮かんでいる。

異国の娘の最後の言葉「さようなら(ダ・スヴィダーニャ)」は、風雨に掻き消されて、龍次の耳には届かなかった。

聞こえたとしても、ロシア語など知るはずもない龍次ではあったが……。

「お、お終(しま)いじゃ……」

猩々洞の奥から、幽鬼のような表情の太左衛門がよろけ出てきた。

「おゆうがいなくなったら、今年の年貢は、どうすればいいのじゃ」

「……………」

龍次は、老胆煎に氷のような視線を向ける。

ユーリャが自殺したのは、太左衛門の「すぐに捕まって死罪」という一言のせいなのだ。

「この疫病神(やくびょうがみ)めっ」

太左衛門は龍次を罵(ののし)った。

「お前さえ、お前さえ余計な首を突っこまなかったら、みんな上手くいってたんじゃぞ！」

「胆煎さん……」

怒りを押し殺した声で、龍次は言った。

「どんなに弱い人間でも、自分より弱い人間を踏みつけにして良いってことには、ならねえんですよ」

そして、風呂敷包みを背負って、道の方へ戻る。

背後では、太左衛門が頭をかかえて、踞(うずくま)っていた。

（おゆう……お前だけは、無事でいてくれ……）

卍屋龍次は、胸の奥で祈った――。

高田藩の記録によれば、寛政二年九月末日倉崎村の者ども残らず逃散いたし、田畑は青梅川村に併合の上、村名抹消さる――とある。

道中ノ四　暗闇坂・蛍火の女

1

闇の中に、血のにおいがした。
悪臭が混じっている。
おそらく傷口は腹で、被害者は消化器の何れかを割られたに違いない。
「…………」
荷物を背負った旅姿の卍屋龍次は、そのにおいの方向へ足を運んだ。
腰の道中差の鍔に下げられた土鈴が、ころころと柔らかく鳴る。
寛政二年――西暦一七九〇年の、陰暦十月の下旬である。
龍次は、青梅街道を通り、四谷の大木戸から江戸へ入った。
時刻は戌の中刻――午後九時を過ぎた頃である。

　龍次は昨夜、甲州街道の与瀬にある旅籠に泊まった。この中に、枕探しがいた。

「今朝、相部屋になった大坂の呉服商が、『財布を盗まれた。この中に、枕探しがいる！』と騒ぎ出したのである。

　こうなると、相部屋だった者は出立することが出来ない。

　宿場役人が来て、全員足止めされてしまった。

　そして全員の持ち物調べが行われたが、それでも財布は見つからない。

　泥棒扱いされた相部屋の旅人の中には、さては呉服商の狂言ではないか――と言い出す者もあり、うんざりするような罵り合いの果てに、下手人が判明した。

　呉服商の連れていた丁稚が手洗いに立ったので、龍次があとをつけると、手水場の石の下から財布を取り出すところであった。

　大広間に引き据えられた丁稚の少年は、泣きながら事情を説明した。

　実は、十日ほど前の野宿した時に、少年は主人の呉服商に犯されたのである。

　呉服商は男色家ではなく、酔ったはずみに面白半分で、少年のか細い肉体を弄んだのであった。

　主人と奉公人とは絶対的な支配関係にあるから、主人の言うことは、どんな無理でも聞かねばならない。

それで歯をくいしばって、男同士の淫靡な行為に耐えた少年であった。

だが、数日が過ぎて、その痛手から回復すると、荒々しい愛撫の記憶が甘美なものにすら思えて来た。

まだ女体に触れてもいない元服前の少年が、初めて知った異常な性の快楽に溺れこんでしまったのだ。

もう一度、禁断の快楽を味わうために、少年は幼い媚態を見せたが、主人はのってこない。

元来、呉服商は同性愛者ではなかったので、初穂を摘んでしまうと同性の肉体への興味は失せてしまい、あとは宿場の飯盛女と遊んだのである。

それを嫉妬した少年は、年若い者特有の短慮から、「金がなくなれば、商売女が買えなくなって、自分を抱いてくれるに違いない……」と考えた。

そして、相部屋で同室の者が多いのを幸いに、夜中に主人の寝床の下から財布を盗み、手洗いに行く振りをして手水場の下に財布を隠したのである。

夜中に手洗いに立つ者は多いので、少年の行為は目立たず、また所持品調べの時にも安全だったというわけだ。

龍次は、少年の立ち振る舞いに、呉服商に対する媚のようなものを感じて、怪しんだのである。

事件が解決して旅籠を出た時は、もう巳の上刻――午前十時を過ぎていた。

龍次の足ならば、陽のあるうちに与瀬から四谷に着くはずが、そのような事情で遅くなってしまったのである。

四谷の大木戸は、元和二年に、芝高輪の大木戸とともに設けられた。

この大木戸より内側が、江戸府内である。

関所と同じように、卯の上刻――午前六時から酉の上刻――午後六時までが正式な通行時間帯で、主に江戸から出る米運送の馬を検問した。

江戸へ入る人間に関しては、規制は緩やかで、このように夜になってからでも、通行出来る……。

大木戸から四谷御門へ伸びる四谷大通りを忍町から右へ折れる。

そして、御手先組大縄地の脇を真っすぐ行くと、本性寺にぶつかる。

本性寺の前を左に折れて、鮫ケ橋南寺通りを進む。

このあたりは寺社地で、路の左右には寺が並んでいる。

右手に並ぶ松岩寺と永信寺との間に、下り坂があった。

陽光寺の門前に降りる長い坂で、左右の境内から樹木の枝が幾重にも伸びて頭上に天蓋(てんがい)をなし、昼なお暗い。

したがって、土地の者は、この坂を〈暗闇坂〉と呼んでいた。

卍屋龍次は、この暗闇坂を下る途中に、血のにおいに気づいたのである。

良く晴れた夜で、初冬の空には半月が浮いていたので、夜間視力の優れた龍次は、灯(あか)りなしで歩いていた。

暗闇坂の、文字通り闇の隧道(トンネル)の向こうに、陽光寺門前の常夜燈が見える。

それを目標に、坂を下っていたのである。

「………」

かすかな呻(うめ)き声が聞こえた。

近くに敵の気配がないことを確認してから、龍次は、携帯用の小田原提灯(ちょうちん)を出して火をつけた。

三メートルほど先の道端に、若い男が仰向(あおむ)けに倒れているのが見えた。

一目で、遊び人とわかる風体(ふうてい)である。

男の周囲は、墨汁(ぼくじゅう)を流したように黒っぽく濡れている。

大量の出血だ。

龍次は、男に近づいて、地面の乾いたところに片膝をついた。

やはり、左脇腹を一刀のもとに断ち割られている。

見事な腕前だ。

臓腑の一部が斬り口からはみ出して、未消化物とともに、地面をのたくっていた。

外科の医者の所へ連れていっても、まず助からないであろう。

「もし……しっかりなさい」

龍次は、二十代前半と見える男の肩を、そっと揺すった。

「う……」

男の顔は、血の気が失せて、白壁のようになっている。

が、ゆっくりと瞼を開いて、灯りの方向へ眼球を動かした。

「誰に、やられなすった？」

周囲の筋肉を痙攣させながら、唇が動いた。

龍次は、その唇に耳を寄せる。

「ほ……うおう………」

「何っ」

龍次の目に、鋭い光が奔った。

「……ほうおうの……」

かすれ声で、そう言うと、気力が尽きたらしく、目を閉じた。

龍次は、男の鼻孔の前に手をかざして、完全に呼吸が停止していることを知った。

ほうおう、ほうおう――と龍次は、胸の中で呟いた。

卍屋龍次は、一人の女を捜している。

その女を見つけるためだけに、龍次の人生はある、といってもよい。

女の名は、〈おゆう〉。

生きていれば、年齢は十八歳。

さらに、決定的な証拠は、背中に姫様彫りによる鳳凰の彫物がある。

今、この若い男が死に際に言い残した〈ほうおう〉というのは、〈鳳凰〉のことではないのか。

そして、それは幻の女おゆうに関わりのあることではないのか。

久しぶりに帰ってきた江戸の町で、ようやく、おゆうの手掛かりが掴めたのか。

死骸のそばで考えをめぐらせる龍次の首筋に、血が昇った。

と、その時、

「御用だっ！」

意外なほどの近さから、飛びかかってきた者がいる。

息を殺して、闇の中を接近してきたのであろう。

龍次は反射的に、そいつを躱して足払いをかけた。

立ち上がりながら、背中の風呂敷包みを捨てて、腰の道中差に手をかける。

その顔面に、龕燈の光が浴びせられた。

「っ！」

さすがに、目が眩んだ。

龕燈の向こうから、裂帛の声がかかった。

「北町奉行所同心、風見新十郎である！　辻斬りめ！　大人しく縛につけっ！」

2

後ろ手に縛られた龍次は、近くの自身番に連行された。

自身番とは、各町の地主によって、自衛のために四辻に設けられている小屋である。

番屋ともいう。

中には、地主に雇われた番人――番太郎とも呼ばれる――が交替で、二十四時間常駐しているのである。

嘉永三年の調査では、江戸には九百九十の自身番があった。

武家屋敷町にも同様の施設があり、これは辻番と呼ばれていた。

この辻番も、幕末には八百九十八もあったという。

奉行所の定町廻り同心は、巡回中に必ず、この自身番に立ち寄って、異常がないかどうか確認する。

また、事件の容疑者や関係者の仮取り調べも、ここで行う。

それで罪を自白したら、大番屋へ送って、正式な取り調べをするという訳だ。

――龍次は、三畳の板の間に引き据えられた。

「おめえの名は」

岡っ引の蔵六が訊いた。

暗闇坂で、最初に龍次に飛びかかったのがこの男である。四十前の、鋭い眼をした小男だ。

北町奉行所定町廻り同心の風見新十郎は、蔵六の背後に立って、尋問の様子を見守っている。

「龍次と申します」

正座した龍次は、静かに答えた。

女と見間違うほどに美しい青年である。

色白だ。月代は剃らずに、前髪を左右に分けて、左の房は長く頬まで垂らし、右の房は眉にかかっている。

その眉は、小筆で描いたように細く一直線に伸びて、涼やかだ。

目は切れ長で、睫が長い。鼻筋が通り、品の良い唇には甘さが漂っている。細面で、顎の形は鋭角をなしていた。

役者にしたいような美い男――という褒め言葉があるが、この龍次は、並の役者や女形が束になっても叶わないほどの美形であった。

ただ――蒼みを帯びた目には、形容し難い深い憂いの色がある。

その翳りが、稚児もどきの美貌に、ある種の凄みを与えていた。

端麗だが、女々しい感じは全く、ない。

着ているものは地味だが、清潔であった。

それに、普通の人間が自身番に連れてこられたら、怯えて震え出すはずなのに、龍次は落ち着き払っている。

蔵六は、何か美しい魔性のものを見ているような、妙な気分になった。

「生国(しょうごく)は、何処(どこ)だい」

「江戸の下谷(したや)です。二親(ふたおや)とも、わたしが三つの時に、行人坂(ぎょうにんざか)の大火で亡くなりました」

「明和の大火か……」

新十郎が呟(つぶや)いた。

明和九年——西暦一七七二年の閏二月二十九日、目黒行人坂の大円寺(だいえんじ)から出た火は、おりからの強風に煽(あお)られて、瞬(またた)く間に江戸の町に広がった。

火は三日間燃え続けて、何と江戸市街の三分の一を焼き尽くした。

死者、一万四千七百人。

負傷者、六千七百六十一人。

行方不明者、四千六十人。

信じられないような大災害であった。

これが、明暦(めいれき)三年、文化三年のそれとともに、江戸三大大火の一つに数えられる〈明和の大火〉である。

下谷で小間物屋を営んでいた龍次の両親は一人息子の彼を逃すために、焼死したのだった……。

「住所は」

「米沢町一丁目の観音長屋で。ただ、私は旅に出ることが多いので、家主さんの許しを得て、又貸ししておりますが」

「旅商人かい」

「笑物を扱っております」

「なるほど……卍屋か」

真ん中に卍の焼き印のある菅笠を手にして蔵六は頷いた。

笑物とは、性具や淫具などの四目屋道具の上品な呼び方である。

春画を笑絵と呼ぶのと同じだ。

龍次は、奉行所の同心を憚って、そういう呼称を使ったのである。

「こんな夜中に、どこからどこへ行くつもりだったんだ」

「信州や北陸を廻って、ほぼ一月半ぶりに、江戸に帰って参りました。今夜は、神谷町にある馴染みの料理茶屋に、泊まるつもりでおりました」

「どうして、ホトケのそばにいたのだ」

龍次は、瀕死の被害者に出会った経緯を話した。

ただし、「ほうおうの……」という最後の言葉を聞いたことは、伏せておく。

「お前がホトケに気づいた時、近くには誰かいなかったか」

「はい、誰も」

「人が逃げて行く足音も、聞こえなかったってのか」

「気づきませんでした」

岡っ引の蔵六は、龍次の荷物や懐の物を調べ、往来切手を同心の新十郎に渡した。

菩提寺発行のそれは、往来手形とも呼ばれる一種の身分証明書である。

それに記載されている内容と龍次の申し立てに、相違も矛盾もなかった。

「一月半ぶりに江戸に帰ってきたというのは本当か」

風見新十郎が訊いた。

「嘘ではございません。四谷大木戸のお役人に聞いていただけば、わかりましょう」

「一月半か……」

同心と岡っ引は見つめ合った。

「その刀を」

新十郎に言われて、蔵六は龍次の道中差を渡した。

原則として、町人や百姓は帯刀を許されてはいない。

ただ、旅行者は、護身のために一尺八寸――約五十五センチ以下の長さの刀ならば、腰に差すことが認められていた。これが、いわゆる道中差である。

その鍔に、かなり古びた女雛の形の土鈴が下げられているのを見て、新十郎は怪訝な面持ちになった。

抜刀する。新十郎は、一尺七寸の刃を灯に向けて、これを凝視した。

「――血脂を拭った跡は、ないな」

残念そうに、北町奉行所同心は言った。

「しかし、旦那……」

「縄を解いてやれ」

「へい」

蔵六は、疑惑の目で龍次を睨みながらも、後ろ手に縛っていた縄を解いた。

龍次は立ち上がって、軽く手を振り、血行を良くする。

「もう行ってもよろしいので」

新十郎と蔵六のどちらへともなく、尋ねる。

「うむ。だが、後日、呼び出しがあるかも知れねえ。居場所を明らかにしておけ」

武士にしては荒っぽい口調で、新十郎は言った。

同心は、普段から町人に接しているし、犯罪者の取り調べも行うので、自然と、このように下衆な口調が身についてしまうのだ。

「はい。神谷町の〈寿沙瑚〉という店に、居続けしておりますので」

「わかった」

もう行け、というように、風見新十郎は顎をしゃくった。

龍次は、板の間にぶち撒けられていた商品を拾い、行李で作った特製の旅簞笥に入れる。

そうしていると、番太郎たちによって、ようやく遊び人の死体が、自身番に運びこまれた。

莚をとって、その顔を確かめた岡っ引の蔵六は、目を剝いて、

「旦那！　こいつは、仙太郎ってごろつきですぜっ」

「知っているのか」と新十郎。

「へい。本所深川あたりを、ぶらぶらしてる小悪党で。五間堀の近くの福助長屋

に、妹と二人で住んでたはずです」

「本所のごろつきが、なぜ、夜中に四谷をうろついていたのかな」

「どっかの仲間部屋で、博奕(ばくち)でもしてたんじゃないでしょうか」

「ふうむ」

腕組みをした風見新十郎の横を、

「失礼いたします」

荷物を背負った龍次が、小腰をかがめて通り過ぎ、外へ出る。

誰も、振り返りもしなかった。

3

料理茶屋〈寿沙瑚〉に着いた時には、すでに亥(い)の中刻(ちゅうこく)──午後十一時近かった。

神谷町は、愛宕山(あたごやま)の裏手にあり、他にも寿司の木村屋、蕎麦(そば)の加賀屋、料理茶屋の宮川などがある。

「遅くにすいませんね。座敷はありますか」

奥から出てきた座敷女中は、龍次の顔見知りの女だった。

上客到来に、にっこりと笑って、

「これはこれは、お久しぶりでございます。ちょうど、奥座敷が空いておりますよ」

「それは良かった」

濯ぎ(すすぎ)を使ってから、龍次は奥座敷へ案内された。

たっぷりと心付けを貰った女中は、頭を下げて、

「いつ、江戸に戻られました」

「今日ですよ。また、四、五日は、お世話になります」

寿沙瑚は、龍次の江戸での常宿である。

蔵六にも言ったことだが、名目上の住所の観音長屋には、又貸しで別の人間が住んでいる。

だから、龍次は江戸へ来ても、帰る家がないのだ。

どうせ観音長屋は、菩提寺から往来手形を発行してもらうための、仮の住居にすぎない。

寿沙瑚は旅籠(はたご)ではないが、居続けということで、宿泊することは可能なのだ。

当然、費用は旅籠より高くつくが、部屋の造りはゆったりしているし、料理も

美味い。内湯もある。

一年のほとんどを、旅で過ごすのだから、たまに江戸に帰ってきた時くらい、骨休めがしたい。

卍屋は、高価な品を扱い利幅も大きいので懐は常に暖かいのだ。

「湯も沸いておりますが」

「そうか。では、先に湯をもらいましょうかね」

「その間に、料理のお支度をしておきます」

女中は、意味ありげな微笑を浮かべる。

それに気づかない振りをして、旅装を解いた龍次は、湯殿へ向かった。

なぜ、内湯があるのかといえば、料理茶屋は男女の密会にも利用されるからである。

着物を脱いだ龍次は、杉戸を開いて湯殿へ入った。

手には、護身用の隠し武器〈手甲〉を握っている。T字型の、短い鉄製の棒だ。

広々とした白木の湯殿である。壁の四隅には、贅沢なビードロ張りの金網行燈が、据えられている。

紗の薄物をかけたように、視界がうっすらと湯気で覆われていた。

無双窓が、湯気抜きのために、わずかに開いている。

下湯をつかってから、龍次は湯船に身を沈めた。肩まで湯につかる。

良い湯加減だ。

疲労が、全身の毛孔から溶け出してゆくような気がした。

着物の上からではわからないが、こうして全裸になってみると、美貌に似合わぬ逞しい肉体である。

細身だが、良く発達した筋肉に、行燈の光が深い影をつくり、浮き彫りのようであった。

目を閉じて、龍次は、暗闇坂から自身番での出来事を頭の中で反芻する。

あの現場で、蔵六や風見新十郎から逃げることは、可能であった。

しかし下手に逃走すれば、龍次は辻斬り犯人として、江戸中に手配されたであろうから、得策ではない。

それに、大人しく捕まって身の潔白を証明したおかげで、被害者の身元を知ることも出来た。

それにしても、遊び人の仙太郎は、なぜ、辻斬りに殺されたのか。

なぜ、死に際に「ほうおうの……」と言い残したのか。

それを追及してゆくと、〈おゆう〉の手掛かりも得られるのではないか……。

——明和の大火によって孤児になった龍次は、母方の遠い親戚である、長屋住まいの棒手振りの夫婦に引き取られた。

棒手振りとは、天秤棒に野菜などを下げて売り歩く、最下級の行商人である。

当然、生活は苦しい。

しかも、その夫婦には、息子四人娘三人の七人の実子がいた。

その上、亭主は大酒呑みだった。

実の子供にすら満足に食べさせられないのだから、その夫婦が、嫌々引き取った龍次に食事を与えるわけがない。

栄養失調のため、死にそうになった龍次を救ってくれたのは、近所の女房連中や娘たちであった。

そんな小さな時から、龍次は、女の心を蕩けさせずにはおかない愛くるしい顔をしていたのだ。

たとえ物乞い同然の格好をしていても、天性の美貌は損なわれなかった。

棒手振り夫婦に「穀潰しっ！」と罵られ、息子たちにいじめられながら、龍次は成長した。

六歳の時から、棒手振り商売の手伝いをさせられた。

近所の娘たちは、ひそかに龍次を呼んで、菓子や食べ物をくれた。

その代わり、着物の前を開いて、龍次の幼い薄桃色の突起をまさぐる。

中には、大胆にも、その突起に口唇で悪戯する娘もいた。

棒手振りの娘たち、つまり義理の姉妹ですら、夜中に眠っている龍次のそこに、小さな臀を擦りつける。

しかし、そのような行為の意味を理解するには、龍次は幼すぎた。

それに、両親が自分の眼前で焼死した時の衝撃が、龍次の心に、永遠に癒すことの出来ない疵を負わせている。

だが、運命は、さらに惨い烙印を龍次に用意していた。

彼が十歳になった時、日本橋にある大店の番頭だという愛想の良い男が、長屋を訪れた。

「実は、主人の一人息子が病弱で外に出られず、寂しがっている。先日見かけたのだが、おたくの子は品がよくて年齢が近く気性も良さそうなので、話し相手として住みこんでもらえまいか。引き受けてくれるなら、今、支度金として十両渡しましょう――」

棒手振りの夫婦は狂喜した。十両といえば、彼らの一年間の生活費に等しい。

すぐさま、夫婦は承諾した。

着の身着の儘で長屋を出た龍次が連れて行かれたのは、日本橋ではなかった。

この世の地獄であった。

本所のはずれにある香蘭寺の中の〈蓮華堂〉、そこでは毎夜、十歳前後の美少年美少女による性交ショーが行われていた。

秘密会員制で、客は、法外な額の入会金と会費を払えて秘密の守れる豪商、大身の旗本、大名やその隠居であり、ほとんどが老人であった。

中には、幕閣の要人までいたらしい。

浮世の遊びという遊びをやり尽くして、精力が衰え通常の刺激では何も感じなくなってしまった放蕩者ばかりだ。

そんな彼等に、非合法の淫靡なSEXショーを観せるのが、秘密組織〈蓮華堂〉である。

龍次は、そのSEXショーの幼い出演者として買われて来たのだった。

そこには、八歳から十四歳までの十七人の子供が軟禁されていた。

皆、美少年美少女ぞろいだ。

わずか十歳の龍次は、先輩である十三歳の少女に〈筆下し〉され、ＳＥＸのやり方を教えこまれた。

そして、舞台に立つことを強要されたのである。

龍次は拒否した。徹底的に反抗した。

その罰として、また、娑婆っ気を取り除くために、蓮華堂の幹部たちは、龍次の男根に二匹の龍の彫物をした。

それも姫様彫りといって、墨や朱を用いずに、皮膚下に特殊な色素を注入する。

普段は見えないが、酔ったり興奮したりして血行が良くなると、色素が発色して図柄が現れるというわけだ。

龍次の姫様彫りは、海綿体が充血して、男根が勃起すると双龍の図柄が見えてくるのである。

「どうだい。見なよ、この立派な彫物を。佐渡帰りだって、こんなのは彫っちゃあいねえぜ。おい、小僧っ！　ここから逃げたところでなあ、もう、お前は真面な暮らしは出来ねえんだよ！　諦めろっ！」

怪奇な彫物を生殖器に施された少年の心は、壊死をおこした。

そして、黙々と舞台を務めるようになったのである。

早過ぎた初体験のためか、連日の刺激のせいか、それとも姫様彫りの副作用か、龍次の男根は異常な発育を遂げた。特に、玉冠部の発達が著しい。

その美貌と裏腹な、不釣り合いなほど逞しい巨砲が、ますます人気を呼び、龍次は蓮華堂の花形になった。

しかし、卓越した性技と巨根を駆使して、仲間の美少女たちを忘我の夢に遊ばせながらも、龍次の内面は荒廃しきっていた。

畜生以下の連中の破廉恥な観世物となり、人間性を根底から破壊された何の希望もない日々であった……。

――そして、ある春の夜、十三歳の龍次は控え室で、運命の少女に引き会わされた。

まるで、この世に人として生まれたことが何かの間違いではないか――と思えるほど、清らかで愛くるしい少女であった。

それが、十歳の〈おゆう〉である。

おゆうは、龍次の相方として、連れて来られたのだった。

少女は、対になっている男女雛の土鈴の女雛の方を、龍次にくれた。

二人で鳴らす。土鈴の二重奏（デュエット）である。

その柔らかい音色を聞いて、おゆうは微笑した。

ごく自然に、龍次も笑みを返した。

そして、驚いた。涙も笑いも、ずっと前に忘れていたのに……。

が、その時、町奉行所と寺社奉行の合同部隊が蓮華堂を奇襲した。

大混乱の暗闇の中、おゆうは誰かに連れ去られた。

龍次の名を呼びながら。

二人の最初の出逢いが、最後の別離（わかれ）になったのである。

以来八年――龍次は、片時たりとも、少女のことを忘れたことはない。

そのために、卍屋になって諸国を巡っているのである。

自分に人間らしい心を呼び戻してくれた、聖少女〈おゆう〉を捜し出すために

……。

――静かに、杉戸を開く音がした。

だが、龍次は目を開かない。

手拭いの下の手甲を握りしめ、すぐに緩める。

湯殿に入って来た足音は、女のものであった。龍次には、聞き覚えのある足音だ。

足音の主は、丁寧に下湯をつかって、するりと湯の中に入ってくる。

「龍次さん……」

そう囁きながら、女は、龍次の胸にすがりついた。

濃厚な女の匂いが、広がる。

目を開くと、予想通り二十代前半の女の顔が、間近にあった。

ふっくらとした大きな唇が、いかにも好色そうだ。

「お染さん。久しぶりだね」

「いや、他人行儀な……お染と呼んで」

女は、童女のように首を左右に振った。

二年前の夏に、この寿沙瑚に居続けをした時、龍次はお染と関係が出来た。

龍次の美貌に惚れこんだ女中のお染が、夜中に、彼の寝床に忍び入ってきたのだ。

夜這いの逆である。

当時二十一歳のお染は、龍次の淫技と巨砲、それに超人的な体力に、嵐の中の小舟のように翻弄（ほんろう）されて、生まれて初めて絶頂を知った。

それ以来、お染は、この三歳年下の美青年に、惚れきっているのだった。

所詮（しょせん）、龍次が江戸にいる間だけの関係だが、お染は、龍次の〈おんな〉のつもりでいる。

龍次は、それを黙認していた。

少なくとも、寿沙瑚の他の女中たちにつきまとわれずに済む。お染の相手だけしていれば、良い。

寿沙瑚の主人も、龍次が上客なので、見て見ぬ振りをしている。

先ほど、女中が意味ありげな微笑を見せたのは、このためであった。

「お染。浮気しなかったかい」

気怠（けだる）げな口調で、龍次は言った。

「馬鹿なことを言って。あたしが、あんたにぞっこんだと知っているくせに。龍次さんこそ、旅の空で、何人の女を泣かせたの……」

軽く睨むような目つきになって、右手で龍次のそれを、そっと握る。

彼の男性の象徴は、通常の状態でありながら、並の男の戦闘時と同じ体積であった。

逆手に握って、ゆっくりと前後に、しごく。

龍次は、お染の頤に指をかけた。

唇を合わせる。互いに、貪り合うように舌を使う。

「くゥ……」

お染は喘いだ。

龍次の手が下肢の付け根をまさぐると、その亀裂の内部は、湯とは別の温かな液体で、ぬめっていた。

「ね……お願い……しゃぶらせて……」

かすれたような声で、お染が言う。

龍次は無言で立ち上がった。

お染の顔前に、男性の象徴の全てが晒される。

「……」

女の潤んだ目の縁が、紅く染まった。

龍次は、湯船の縁に腰を下ろす。その膝の間に、お染は割って入り、両手で肉塊を捧げ持った。

咥える。

年増なだけに、お染の口腔性交の技術は巧みであった。

歯を立てないようにして、舌でねぶる。

喉の奥まで深く呑む。両手で、しごく。

真剣な修業僧のような表情で、愛しい男の生殖器に愛技を施すお染の額に、汗の珠が白く浮いた。

龍次は、女の鬢のほつれを直し、その汗を拭ってやった。

「う……ふ」

お染は、舌と唇で龍次の肉茎に直接お礼を言う。

同時に、重く垂れ下がった布倶里を、やわやわと揉みほぐす。

やがて、龍次のそれは、本性を現した。

隆々と屹立する。

巨きい。太く、長く、硬い。

普通の男性のものの、優に二倍はある。お染の指がまわらないほど、太いのだ。

しかも、荒淫の歴史にもかかわらず、色は美しい薔薇色であった。

その巨根の茎部には、奇怪な図柄の二匹の龍が巻き、玉冠の中央で向かい合っている。

姫様彫りによる双龍だ。

血管の上に彫ってあるので、生きて脈動しているように見える。

「ああ……凄い……美味しいよぉ……」

お染は、正気を失った者のように、双龍根を上から下まで、激しく舐めまわした。

玉冠の縁の下を、こそぐように舌を使う。

次いで、布倶理を咥えて、瑠璃玉を一つずつ、しゃぶる。

顔を潜りこませるようにして、背後の門までも、丁寧に舌を這わせた。

そして、また、お染は双龍根の玉冠をしゃぶりながら、

「もう、我慢出来ないよ。ねえ……挿入て……」

欲情のあまり、目の焦点が、ぼやけている。

龍次は、湯に躯を沈めた。そして女の下肢を開き、真下から巨砲で貫く。

「ひィ……っ！」

仰け反る女の臀と背中を支えて、湯船の中で軽々と立ち上がる。

お染の躯を抱えたまま、湯の中に仁王立ちになった。

湯は腿の半ばまでしかない。女は、龍次の躯にしがみついた。

態位四十八手のひとつ、〈櫓立ち〉だ。

龍次は、そのままの姿勢で、膝の弾力を使いながら、下から突き上げる。

「あっ、あっ、あっ、あっ、ああ……っ！」

逞しく責められて、お染は乱れた。

湯面が、ちゃぷちゃぷと波打ち、女の豊かな臀に飛沫がとぶ。

結っていた黒髪が、ほどけて、流れた。

龍次は、じっくりと、江戸女の熟れた秘肉を味わう。

そして、お染の官能が最大限に高まった時、臀を掴んでいた指の一本を、背後の門に挿入た。

「はうっ!!」

その衝撃で、愛液を噴きながら、お染の肉洞が強烈に痙攣する。

龍次は、放った。

灼熱の樹液が、女の肉体の最深部に放射される。

「――っ!!」

お染は、大きく仰け反った。

流れ落ちた黒髪の先が、湯に浸る。

最後の一滴まで放出してから、龍次は、女の軀を板の間に横たえた。

お染は失神していた。龍次は、湯を汲んで、後始末をしてやる。

しばらくして、お染は、目を覚ました。

己(おの)れの秘部がきれいに洗われているのを知って、真っ赤になる。

「……好きっ」

小さく叫んで、龍次に抱きついた。

唇を押しつける。

「お染……」

女の舌を適当にあしらいながら、龍次は訊(き)いた。

「辻斬りの噂を聞いてるかい」

「噂どころか……今、江戸中が、その話で持ち切りだよ」

愛しい男の顔を舐めまわしながら、お染は言った。

「ほう」

「確か、最初の事件は、一ケ月ほど前だったねえ」

「一月前(ひとつき)か」

龍次は、「一月半ぶりに江戸に帰って参りました」と述べた時の、同心と岡っ引の落胆した表情を思い出した。

連続辻斬りが一月前に始まったのなら、龍次は、その犯人ではありえない。

龍次は目を光らせて、

「その話、ゆっくり聞かせてもらおうか――」

4

翌日――龍次は、下谷の清恩寺(せいおんじ)へ行った。

ここには、彼の父と母が眠っている。

往来手形を発行してくれたのも、この寺だ。

両親の墓参りを済ませてから、両国の薬研堀(やげんぼり)へまわる。

薬研堀には、本家四目屋がある。

この店から、龍次は、商売物の秘具や淫具媚薬(びやく)などを仕入れているのだ。

「これは、龍次さん。無事に江戸へ帰られましたな」

奥の座敷へ通された龍次に、四目屋忠兵衛(ちゅうべえ)が言った。

四目屋の主人は、寛永(かんえい)年間の初代から代々、忠兵衛を名乗っている。

でっぷりと太った赧顔の、いかにも笑物専門店の主らしい風貌だ。

「旦那様も、ご息災で、何よりです」

龍次は丁寧に叩頭した。

それから、忠兵衛に頼まれていた、信州産の薬草を渡す。

忠兵衛は、糸のように細い目を、さらに細めて、喜んだ。

新しく調合中の、精力増強剤の原料にするのだという。

代金の額が大き過ぎるのは、口止め料も含んでいるからだ。

「ところで、旦那様。わたくしが江戸を留守にしている間に、何やら物騒なことが起こっているとか……」

「そうなのだよ」

煙草盆を引き寄せながら、忠兵衛は言った。

「いや、もう、何とも血腥い話でね。辻斬りですよ。最初に襲われたのは、銀座町の両替商の娘なんだ――」

四目屋忠兵衛の話は、昨夜、床の中でお染から聞いたのと、大体同じであった。

九月下旬の夜、芝の海岸端を親戚の家から帰宅途中の、両替商の娘と番頭が歩いていた。

すると、突然現れた暴漢が、番頭を一刀のもとに斬り捨てた。

娘の方は、その場で失神し、あとで、通りがかりの者に助けられた、というが……。

「いえ。本当は、辻斬りに手籠めにされたのですよ。見つかった時は、はだけられた太腿のあたりに、なあに、血がこびりついていたそうで。親たちは、何とか揉み消そうとしましたが、世間の口に戸は立てられない。かわいそうに、娘は向島の寮に閉じこもったまま、一歩も外に出ないそうですよ」

第二の犠牲者は、浪人者だった。

上州浪人で、普段から馬庭念流の達人と自称していたが、これも刀を半分も抜かないうちに、柳原土堤で斬られていた。

第三の犠牲者は、吉原の付馬である。

付馬とは、勘定が払えなくなった遊客にくっついて家まで行って、金を取り立てる男のことだ。

稼業が稼業だから、荒っぽいことには慣れているし、逃げ足も早い。

そんじょそこいらの旗本や勤番侍に斬られるような、間抜けでは勤まらないのだ。

が、こいつも、皮一枚を残して、正面から首をほとんど切断されたのである。

当然、客との揉め事の線も調査されたが斬り口が前の二人と酷似している点から、例の辻斬りの仕業と断定された。

この付馬は、鎖分銅を懐に隠し持っていたが、これに手を触れる暇もなく、斬られたらしい。

第四の犠牲者は、舟饅頭——つまり、大川に浮かべた小舟で軀を売っている、夜の女だった。

皺の多い顔を、漆喰のように厚く塗った白粉で誤魔化した、四十女である。

右脇腹から入って左の乳の下まで、斜めに斬られ、自分の舟の中に横たわっていた。

舟底は、血の海だったという。

第五の犠牲者は、旗本の次男坊だった。

武家の次男坊などというものは、要するに部屋住みの冷飯喰いだから、暇を持て余している。

その次男坊は、柳生流の道場に通っていて、ちょっとした腕前だったところから、世人を騒がす辻斬りを退治してやろう、と考えたらしい。

上手く辻斬り退治をすれば御上から報賞が出るし、養子の口もかかる——という計算もあったろう。

夜歩きを始めてから三日目に、次男坊は望み通り、辻斬りに出くわした。

本人の望み通りでなかったのは、刀の柄に手をかけるよりも早く、相手の凶刃に頭頂部から胸部まで、斬り割られたことである。

真っ向う唐竹割りだ。

それが、五日前のことである。

そして昨夜、第六の犠牲者が出たのだ。

いくら次男坊とはいえ、将軍のお膝元で旗本の伜が斬り殺されたのでは、幕府の権威にかかわる。

南北両奉行所の役人たちが総出で厳戒態勢をしいていたが、その最中に、仙太郎が斬られたのだ。

現場に行きあわせた同心や岡っ引が、殺気だっていたわけである。

「——で、下手人の目星はついていないのですか」

「それが、皆目」

四目屋忠兵衛は、ぽんと煙管を叩いて、

「どの事件を見ても、辻斬りが相当の遣い手だということは、わたしらのような町人にもわかる。それも、相手が抜く前に、ただの一刀で倒しているのだから、居合術というやつでしょう」

「……………」

「それで、お奉行所では、お旗本やご勤番衆、そして浪人衆の中で、居合術の得意な人を、色々調べたらしいのだが……これぞと思った人は、事件のあった時に、別の場所にいたりしてね。江戸中の居合術道場を虱潰しに当たったけれど、手掛かりはなかったそうだよ」

「江戸の人は、おちおち夜歩きも出来ませんね」

「そうですよ。言っちゃあなんだが、松平越中守様がご老中になってからというもの、やれ倹約令だの旧里帰農令だの奢侈禁止だの……窮屈なこと、この上ない。わたしらの商売にも、大いに響いてます。そこに、この辻斬り騒ぎだからね。全く、田沼様の時代が懐かしいよ……」

そう言ってから、忠兵衛は、あわてて手を振って、

「いや、今の話は忘れて下さいっ」

「心得ております」

龍次は微笑して、

「やはり……居合ですか」

そう呟いた。

5

夕刻まで酒でも呑んで、それから吉原へ繰り出そうという忠兵衛の誘いを、丁重に断って、龍次は四目屋を出た。

午後の空は、青く晴れ渡っている。

風もなく、穏やかな日和だ。

龍次が旅支度のままなのは、そうでないと江戸の町中を、道中差を持って歩けないからだ。

少し考えてから、龍次は、本所の五間堀にあるという仙太郎の長屋を訪ねることにした。

途中で香典袋を買って、二朱銀を入れる。

両国橋を東へ渡って、本所に入った。

尾上町を右に折れて一ツ目橋を渡り、幕府の軍船を収容している舟蔵の横を真っすぐに歩いて、舟蔵御番所の角を左へ入る。

道端で商売をしていた鋳掛け屋に聞くと、福助長屋は、この先の北森下町にある、という。

北ノ橋を渡ると、大久保豊後守の屋敷の手前が、北森下町だった。

五間堀というのは、豊後守と永井肥前守の下屋敷との間にある堀の名称である。

絵馬屋の角を曲がって、路地を入ると、その突き当たりが福助長屋だ。

一番奥が、仙太郎の住居であった。

「ごめん下さい」

油障子を開いて中へ入ると、奥の部屋から十七、八歳の娘が出てきた。

仙太郎の妹であろう。

小柄で、寂しげな面差しだが、黒々と濡れているような大きな瞳が印象的だ。

粗末だが清潔な身形をしている。

「どちら様でしょう」

怯えたような表情で、娘は訊いた。

「龍次と申します。実は――」

瀕死の仙太郎と遭遇した経緯を簡単に説明し、仏様に線香を上げにきたと言った。

「それは、ご丁寧に……わたし、仙太郎の妹で邦と申します」

遺体が北枕で横たえられている奥の部屋に、龍次は案内された。

奥といっても、二間だけの貧乏長屋だが。

線香を立てて、顔に白布をかぶせられた仙太郎に向かい、手を合わせる。

そして、枕元に香典の袋を置いた。

手前の部屋へ戻る。火鉢では、しゅうしゅうと薬罐の湯がたぎっていた。

他に通夜客が来た様子はない。

同じ長屋の人間も、来ていないようだ。

仙太郎というのは、よほど嫌われ者だったのであろう。

お邦は、番茶を龍次の前に置いた。

仙太郎は、享年二十一。お邦は十七歳。

天にも地にも、たった二人だけの兄妹だ。

酒と博奕とあけくれていた兄だが、昨年までは、剣術の道場に下男として真面目に住みこんでいた、とお邦は言った。

　それは、本郷にある小野派一刀流の立花道場で、道場主の立花厳馬にも可愛がられていた。

　だが、ふと魔がさして、手文庫の中から三両の金を盗んだところを家人に見つかり、厳馬に散々に折檻されて、追い出された。

　それで自棄になり、乱れた生活をするようになったのだという。

　兄妹の暮らしは、お邦が水茶屋の下働きをして、支えていた。

「でも……十日ほど前から、兄ちゃんは、もうすぐ大金を手に入れて、お前にも楽をさせてやるから、と言って、毎晩出かけてたんです。そして、帰りは、いつも明け方でした」

「賭場へでも行ってたんですかね」

「いいえ。もう一度、鳳凰を捜すんだって」

「鳳凰……！」

　龍次の面に、緊張が走った。

「それも、〈光る鳳凰〉を捜すと言ってました。鳳凰は有り難い霊鳥だから、見つければ必ず俺たち兄妹にも福を授けて下さる、と夢のようなことを言うのです」

「もう一度、ということは、どこかで見たことがあるわけだ」

「ええ……でも、それ以上詳しくは、教えてくれませんでした」

お邦は顔を伏せて、袂で目頭を拭った。

彼女の知っていることは全て聞き出した――と判断した龍次は、手早く五両の金を紙に包むと、お邦に渡した。

「こ、こんなことをしていただくわけには……」

あわてて、お邦は、それを返そうとする。

「葬儀で、何かと物入りでしょうから。遠慮なさらずに」

互いに押し合っているうちに、はずみで、お邦の軀が龍次の胸元に飛びこんだ。

はっと身を縮めるお邦だが、軀を引こうとはしない。

龍次の胸の中で、巣から落ちた小鳥のように、軀を震わせている。

「お邦さん……」

「はしたない女だと、思わないでください。わたし……寂しいんです。寂しくてたまらないんです」

固く目を閉じて、お邦は顔を上げた。龍次は、その花のような唇を吸ってやる。

大胆にも、お邦は、両の腕を男の首に不器用に巻きつけた。

龍次は、舌先で、お邦の口腔内をくすぐる。

そうしながら、胸に手を入れて、意外に大きい胸乳をまさぐった。

「む……ふ……」

お邦の息遣いが荒くなった。裾前が乱れて白い膝が剝き出しになる。

龍次は、彼女の軀を横にしてやった。ついでに、奥の部屋との境の襖を閉める。

仏の前で、その妹を犯すのは、いくら何でも決まりが悪い。

巧みな愛撫を続けながら、着物を脱がせる。

白い肌襦袢も剝ぐと、あとは薄桃色の下裳だけになった。

小柄で痩せてはいるが、胸と臀は豊かだ。

指を腰布の奥に潜りこませると、処女の花園は、未知の陶酔への期待に熱く濡れていた。乳房と秘裂への二重攻撃を行う。

お邦の羞恥心が薄れた頃、下肢を割って、秘部を唇と舌で嬲った。

「そんなこと……っ！」

形だけは抗う振りをしながら、お邦は燃えるような快感に自分から腰を押しつける。

そして、しとどに秘蜜が溢れて下裳までも濡らした時、龍次は態勢を整えて、静かに貫いた。

狭い。

「あ……うぅっ！」

生涯ただ一度の劇痛に眉をしかめながら、お邦は健気にも、龍次の背中を抱きしめる。

龍次は、奥の院まで侵入してから、そのままの姿勢で、お邦の鈍痛が柔らぐのを待つ。

「大丈夫かい」

龍次が声をかけると、

「は……はい。嬉しいんです……」

さらに時間をかけて抽送しているうちに、お邦の未熟な官能に火がついた。

ぎごちなく腰をうねらせて、欲望の果実を貪る。

ついに最後の刻が訪れた。

「──っ!!」

お邦の隘路が、龍次の双龍根を激しく締めつける。

白い爆発が起こった。大量の熔岩流が、肉洞から逆流して、二人の結合部から零れる。

お邦の息が鎮まるのを待ってから、龍次は抜いた。

彼女の下裳には、乙女であった印が、椿の花弁のような染みを作っていた。

「私……一生忘れません、今日のことを」

身繕いしてから、お邦は男の背中にすがりついて呟いた。

その時、表から声がかかった。お邦は、弾かれたように、龍次から離れる。

入ってきたのは、白い袴に朱色の小袖という派手な格好をした若侍であった。

やや細身だが、切れ長の目をした美少年だ。

惜しいことに、癇の強そうな口元をしている。

「まあ、若先生っ」

「仙太郎は不運だったたな。焼香だけ、させてもらうぞ」

ちらっと龍次に視線を走らせてから、若侍は奥の部屋へ入った。

あわただしく線香をあげると、放り投げるようにして香典を渡し、

「また、寄らせてもらう」

言い捨てて、龍次を無視したまま、出ていった。

「今のお侍……ひょっとして、女では？」

龍次が言うと、お邦は頷いて、

「ええ。先ほど話した立花道場の、お嬢様ですよ。一人娘だけど、婿を取らずに自分が道場を継ぐとおっしゃって」

「それで男の格好をしているのか」

「でも、剣術の腕は凄いんですよ。一刀流の達人で、〈本郷の女天狗〉と言われるくらいなの」

「天狗は、かわいそうだな」

龍次は苦笑した。

「ううん。違うの。お嬢様は十歳の時に、神隠しにあって、三月ほど行方が判らなくなっていたんです。それで、不意に戻ってきたら天狗に山の中で剣術を教わっていた、と言って……」

「十歳の時だって」

龍次は、思わず腰を浮かせた。

「お嬢様は、今いくつになる！」

「わたしと同じだから、十八よ」

「名前はっ！」

「柚乃とおっしゃいます。立花柚乃様。お小さい頃は、お柚と呼ばれていたそうよ」

「おゆう……」

次の瞬間、龍次は道中差を引っ摑んで、驚くお邦にかまわず表に飛び出していた。

路地から通りへ、走り出る。通りの左右を見まわしたが、立花柚乃の姿はなかった。

しかし、道場へ帰るとしたら、本郷の方向である。

そちらへ向かって、龍次が駆け出そうとした時、

「っ!!」

目の前に、ゆらり、と立ちはだかった者がいた。

幽鬼のように痩せた、中年の浪人である。

「せ、先生……」

あまりの衝撃に、龍次の顔は、紙のように白くなった。

「久しいな、龍次」

陰気な囁き声で、浪人者は言った。

この浪人の名は——佐倉重三郎。

元、蓮華堂の用心棒である。

奉行所の捕方が蓮華堂に踏みこんだ時、龍次を連れて逃げてくれた人物だ。

以後、龍次は重三郎に育てられ、同時に無楽流石橋派脇差居合術の奥儀を授けられた。

そして、龍次が十七歳になった時、「もうわしが教えることは、何もない」と言って、彼は江戸から去ったのである。

その後、龍次は、重三郎から渡された金を元手に卍屋となり、おゆうを捜す旅を続けていた。

旅の途中に師に再会出来るかも知れない、という望みも抱いて……。

今——異常な縁によって結ばれた師弟は実に四年ぶりに、めぐり逢ったのである。

が、その師の面貌は、死神がとりついているのではないかと思えるほど、陰惨で肉が削げていた。

そのくせ、両眼は熱っぽい銀光を帯びている。

「先生、もしや、お軀が……」

「よせ」

低く、重三郎は言った。

「は……？」

「立花道場の娘には、関わりあうな」

「先生……」

「さっさと江戸を離れろ。そうでないと……わしは、お前を斬らねばならぬ」

そう言うと、尖った肩をそびやかして、佐倉重三郎は去っていった。

その後姿には、近寄り難い昏い瘴気すら漂っている。

「佐倉先生……」

龍次は、ただ呆然として立ち尽くすのみであった。

6

「おや、龍次さんじゃありませんか」

そう声をかけてきたのは、四角い顔をした小男であった。

その日の夕刻――両国広小路の近くにある居酒屋である。

客は、六分の入りだ。

龍次は、ここで一刻ばかりの間、一人で盃を重ねていたのであった。

なぜ、佐倉重三郎が自分を拒否するのか……。

どうして、立花道場の娘に近づくなと言うのか……。

それが、わからない。

師の異様に痩せ衰えた軀も心配だが、もっと気がかりなことがある。

町奉行所の同心や岡っ引には黙っていたが、仙太郎の死骸を見て気づいたことがあるのだ。

辻斬りの得物は大刀ではなく、もっと短い刀によるものであった。しかも、相手を抜きざまに斬っている。

つまり――下手人は脇差居合術の達人だということだ。

そんな特別な腕前の持ち主が、この世に、そう何人もいるわけがない。

(ひょっとして……先生が辻斬りの下手人なのか!?)

もし、そうならば、自分はどうすれば良いのだろうか。

そして、重三郎と立花柚乃は、如何なる関係にあるのか……。

そのようなことを考えながら、苦い酒を呑んでいるところへ、背後から声がかかったのであった。

「番頭さん。どうも、お久しゅうございます」

端正な面から苦悩の翳を消して、龍次は、如才なく挨拶した。

「さ、よろしければ、こちらへ」

「すいませんね」

卓の向かい側に座ったのは、四目屋の二番番頭をしている喜助であった。

喜助は、さる旗本の下屋敷に〈商品〉を届けた帰りだという。

主人に相手にされなくなった三十代の奥方が、自慰用の張形――疑似男根を購入したのである。

「これがね、特別誂えの逸品でして。鼈甲造りの、えらく値の張るものですよ。いや、雁首の鰓も、随分と張ってましたがね。それが先方の、きつい御注文です。観音様みたいに澄ました御尊顔だったが、今ごろは、お女中たちを遠ざけて、一人で息を荒げておられることでしょうよ」

味噌田楽を肴に、龍次の奢りで酒を呑む喜助の口は軽かった。

「たとえ何十万石の大大名の御正室でも、河岸で拾ってきた屑魚を商う棒手振りの娘でも、この道ばかりは同じですからね」

龍次も苦笑して、

「だからこそ、わたしらの稼業も成り立つわけで……」

「そう、その通りっ」

喜助は、ぽんと卓を平手で叩いて、

「一月(ひとつき)ばかり前にも、店の方へ、若い娘が一人で来ましてね」

「ほう、それは珍しい」

女性客が直接、四目屋を訪れるということは、あまりないことであった。

通常は、先の奥方のように、出入りの商人に持って来させるのである。

したがって客は男性が多いが、それでも気を使って、店の中は昼間でも暗くし、特製の小さな行燈で手元の商品だけを照らすようにしている。客同士が、顔を合わせなくてすむようにだ。

これを揶揄(からか)った川柳に――「四目屋は　得意の顔は　知らぬなり」

「被り物をした娘さんでね。唐(から)渡りの水牛の角で造った特大の張形を、お買い上げいただきました。ところが代金を受け取る時に、ちらっと顔が見えて……驚くじゃありませんかっ」

気を持たせるように、喜助は言葉を切った。

「ご存じの方だったので？」

「ご存じもご存じないも――龍次さんは知らないでしょうが――これが〈本郷の女天狗〉って評判の、立花柚乃という女武芸者なんですよ」

「っ！」

龍次は片眉を上げ、頬を引き締めた。

「ちょっと口元に険があるが、大変な別嬪でしてね。親の道場を継ぐために、いつも男の格好で木刀を振りまわしてる。その凜々しい姿に惚れて、町内の大工の若いので付文した奴がいました。こいつは、『穢らわしいっ！』と怒った女天狗に道場に引っぱりこまれ、散々に打ち据えられたそうです。それ以来、誰も怖がって近づかない」

「…………」

「てっきり男嫌いだと思ってたが、そこは年頃の娘だ。閨の寂しさに耐え切れず、こっそり女の格好で、張形を買いにきたというわけです。普段は男の格好ばかりしているので、女の姿なら逆に人目につかないと思ったんでしょうよ。生憎、本郷にお得意様がいて、わたしは、そこへ伺った帰りには、必ず立花道場を覗いていたんでね。お嬢様の顔は、良く知ってたんですよ」

「向こうは、それを？」と龍次。

「気づきゃしません」

喜助は、顔の前で手を振った。

「わたしも、それを顔に出すような半端者じゃない」

「なるほど……」

「正直なところ、これを種に近づいて……ということも考えないじゃなかったが、何しろ相手は女天狗だ。『無礼者っ！』って、ばっさり殺られたら、それまでですからね。うちは平家の家系ですから、巴御前とは相性が悪い。あははは、は」

「………」

龍次は、盃に目を落とした。

立花柚乃が買った張形の別の使い道を、彼は思いついたのである。

7

厚い雲が空に広がって月を隠し、墨を流したような闇夜であった。

龍次は、塀を乗り越えると、音もなく裏庭に着地した。

猫科の成獣のように、しなやかな無駄のない動きである。

そこは、向島にある両替商三島屋の寮であった。

第一の辻斬り事件の時に下手人に強姦された娘・お糸が、事件以来、閉じ籠もっている建物である。

裏庭を横切った龍次は、離れ座敷の雨戸に取りつく。

この離れが、お糸の部屋なのだ。

戸の隙間から差しこんだL字型の金具を使って、内鍵になっている桟を外した。

そして敷居の溝に、持っていた竹筒から少量の水を流しこむ。

全く音を立てずに、雨戸を開いた。溝に流しこむのは、本当は油の方が効果があるのだが、それでは、侵入した証拠が残ってしまう。

廊下に上がりこんだ龍次は、雨戸を閉めて、障子越しに内部をうかがった。

「………」

規則正しい寝息が聞こえる。

障子を開いて中に滑りこみ、再び障子を閉める――これらの動作を、龍次は一挙動でやってのけた。

有明行燈の淡い光が、部屋の中を照らしている。

中央に敷かれた夜具に、こちらに背を向けて、お糸は横たわっていた。

龍次は手早く着物を脱いだ。下帯も取り去り、全裸になる。

そして、夜具の中に滑りこんだ。

はっ、とお糸は目を覚ました。その時には、龍次は首の下からまわした左手で口を塞ぎ、右手で娘の両手首を摑んでいた。

お糸を、背後から抱きしめた形である。

「………」

恐怖のために、お糸の顔は紙のように白くなり、硬直した全身を戦かせた。

自分の背中や臀に密着している男の軀が全裸だと気づいて、絶望的な呻きを洩らす。

「静かに……」と龍次は、甘い低音で娘の耳に囁いた。

「乱暴するつもりはない。お糸さんに、聞きたいことがあるだけです」

男の吐息が桜貝のような耳朶にかかり、お糸は思わず、背を反らせた。

「騒がないで下さいよ。お糸さんだって、こんな所を他人に見られたくないでしょう」

お糸は、震えながらも、こくんと頷いた。

全裸の男性に抱きすくめられている自分の姿を、付き添いの女中や寮番の老夫婦に目撃されることへの羞恥心が、恐怖に打ち勝ったらしい。

龍次は彼女の口から、左手を外した。

次いで、握っていた両手首を放し、お糸をこちら向きにする。

「まあ……」

お糸は、侵入者が凄まじいまでの美男子だと知って、唖然とした。

今年で十八歳の彼女は、中肉中背で、品の良い顔立ちをしている。

「い、一体、何が聞きたいの……？」

お糸は、おずおずと言った。

夜具の中で、見知らぬ裸の男と向かい合っているという異様な状況を意識して、
彼女の頰には血の気が戻っている。

「他でもねえ。辻斬りのことだ」

「辻斬り……」

悪夢のような記憶が甦ったらしく、お糸は顔を強ばらせる。

「嫌なことを思い出させて悪いが、どうしても聞きたい」

龍次は、お糸の肩を柔らかく摑んだ。

「辻斬りは、何か喋ったかね」

「いえ……一言も……」

「すると、声は聞いていないんだな」

「はい」

「背の高さは？　大きい奴か」

お糸は、少しの間、考える表情になって、

「いいえ。わたしよりは三寸ばかり高かったでしょうが……男の人にしては、そう大きくもなかったと思います」

「そうか。顔は見なかったのだね」

「頭巾をしていましたし……それに……後ろだったから」

娘は、自分の胸を覗きこむように、俯いてしまった。

おそらくは、背後から獣の姿勢で犯されたのであろう。

「随分と、手荒いことをされたそうだが」

「はい……すごく硬いもので、無理矢理に……」

お糸は、両手で顔をおおった。

「お腹が裂けるかと思うほど、乱暴に動かされて……わたし、あまりの痛さに気を失ってしまったの……気づいたら、血が……」

声を殺して、啜（すす）り泣く。

「非道（ひど）い目にあったね」

龍次は、そっと娘の手を外して、真珠のような頰の涙を吸ってやる。

「ああ……」

お糸は、男の広い裸の胸に、涙に濡れた頰を押しあてた。

「こいつが最後の問いだ。お糸さんの軀の中に入ってきたものは――熱かったかい」

「………」

「それとも、冷たかったのか」

「わたし……男の人に、あんなことされるの初めてだったから……」

「そうか。それではわからないな」

龍次は苦笑して、

「では――」

お糸の右手を取って、下腹部へ持っていった。自分のものを握らせる。

「あっ」

娘は息を吞んだ。

しかし、手は引っこめない。

「こういう風に熱かったかい？」

「……も、もっと……硬くて……」

「ふむ。こうか」

どくん、と肉茎が脈打った。

性の魔窟〈蓮華堂〉で成長した龍次は、男根の勃起や射精を、意思の力で完全に制御することが出来る。

たちまち、柔らかかったものが硬化膨張して、凶暴な正体を露呈した。

「もっと……もっと小さかったです……」

お糸は喘いだ。

「熱さはどうかね」

「火のように熱い……」

うっとりと呟くように言ってから、

「いいえ、冷たかった。とにかく、こんなに熱くはなかったです……」

「うむ」

龍次は、満足そうに頷く。

思っていた通りの答えが、得られたのだ。

「悪いことをしたな。じゃあ、俺は失礼するよ」

そう言って、龍次は夜具から抜け出ようとしたが、

「ん……?」

お糸が、剛根に指を絡めたままなのを知って、龍次は眉をひそめる。

「待って下さい。このままにして……置いていかないで」

見上げる娘の瞳は、欲情のために霞がかかっていた。

「わたし……軀の奥が……気がおかしくなりそう……」

太腿を擦り合わせ、悩まし気に身悶えする。

「――いいだろう」

龍次は、お糸を抱きしめた。

くちづけして、舌を絡める。

寝間着の扱き帯を解いた。裸に剝く。

――小半刻ほどしてから、龍次は正常位でゆっくりと挿入した。

十分すぎるほどの愛撫を受けていた娘の軀は、さしたる抵抗もなく龍次の巨砲を受け入れる。

お糸の傷ついた軀と心を癒すように、彼は静かに交わった。

やがて、お糸の唇がまくれ上がり、甘い悲鳴が洩れる。

枕を摑んで悦声を殺しながら、十八歳の娘は、全身で反応した。

そして、生まれて初めて本物の喜悦を味わいながら、弓のように仰け反る。

「……お別れですか」

しばらくして、お糸は訊いた。

「人の噂も七十五日というじゃないか。そのうち、お糸さんにも、いいお婿さんが見つかるよ」

乳房を弄びながら、龍次は言う。

娘は、きらきら光る瞳で、青年の秀麗な面を見つめて、

「お願い……もう一度だけ」

そう言って、大胆にも龍次の下腹部に顔を伏せる。

小さな口を開いて、お糸は、彼を呑んだ……。

8

翌日の夜――切支丹坂。

小石川の、大久保長門守と浅井浪次郎の屋敷の間にある坂を、こう呼ぶ。

かつて、ここに、宗門改方の御用屋敷があったからである。

その夜――満天の星空の下、商家の手代が切支丹坂を登ってきた。

白い息を吐きながら、坂を登りきった手代の背中に、

「おい」

呼びかけた者がいる。

「は……？」

思わず、振り向いた手代の頸部に、水平に刃光が走った。

手代の首は数メートル先まで飛んで、大久保家下屋敷の白壁にぶち当たり、血の跡を残して地面に落ちた。

見事な居合術だ。

頭部の消失した手代の軀は、棒杭のように横倒しになる。

醤油樽の栓を抜いたみたいに、切断面から湯気を立てて血飛沫が噴出した。

頭巾をかぶった黒ずくめの辻斬りは、刃に丁寧に拭いをかけて、鞘に納めた。

大刀ではなく、脇差だ。

転がっている死骸に目をやり、満足そうに喉の奥で嗤う。

「遅かったか……！」

坂の向こうから駆けつけた男が、無念そうに言った。

旅支度の、卍屋龍次である。

彼の姿を見て、辻斬りは、再び身構えた。

「おい、もう頭巾を取りなよ」

龍次は言った。

「立花柚乃様……いや、お柚！　正体はわかってるんだ」

「無礼な。下郎に呼び捨てにされる覚えは、ない」

辻斬り――柚乃は、頭巾を毟りとった。

美しくも冷たい横顔が、月光に照らされる。

「下郎？　俺が下郎なら、罪もない人間を大根みてえに斬り殺す、お前さんは一体、何だ！　鬼か畜生じゃねえかっ！」

「黙れっ！」

一気に間合を詰めると、柚乃は、電光の迅さで脇差を抜刀した。

鋭い金属音とともに、両者の中間に火花が散る。

「むっ⁉」

鞘から半分だけ抜いた龍次の道中差が、柚乃の凶刃を受け止めたのである。

初めて己れの居合を防御された柚乃は、愕然とした。

龍次は抜刀しながら、男装の女剣士の脇差を弾く。

ころーん、と土鈴が鳴った。

足元が崩れた柚乃は、龍次に半ば背を向ける姿勢になった。

その背中に、銀光一閃！

「ああっ！」

龍次の妙技は、皮膚一枚の傷もつけずに、着物と胸に巻いた晒し布のみを斬り裂いた。

柚乃の背中が、あらわになった。

「!!」

その白い背中に、淡い緑色に光る鳳凰の姿があった。

夜光虫を干して粉にし、特殊な処理をしたものを、皮膚の下に埋めこむと、姫様彫りと同じように、興奮した時にだけ発光して図柄が見える。

これを〈蛍彫り〉という。

仙太郎が見た光る鳳凰とは、これだったのだ。

「その蛍彫りが動かぬ証拠だ。仙太郎は、賭場の帰りか何かに、辻斬りの興奮で光っているお前さんの蛍彫りを、見てしまったに違いない。それで、お前さんを強請るために、辻斬りの現場をおさえようと尾行まわしている内に、逆に斬り殺されたってわけだ。どうだ、間違いねえだろう」

「く、くそ……」

片手で着物の前を押さえながら、柚乃は、脇差を青眼に構えた。

その目は、憎悪のために、ぎらぎらと山犬のように光っている。

「そして、もう一つ。お前さん、四目屋で特大の張形を買ったな」

「……っ！」

「見事に町娘に変装したつもりだったかも知れねえが、番頭の喜助は見破ってたぜ。その張形で、両替商の娘を犯した。生娘だから、本物の男のものかどうかなんて、わかりゃしない。この企みが成功して、誰もが辻斬りは男だと思いこんだ。

お前さんは、その辻斬り退治をして道場の名を広めるという理由で、いくらでも夜歩きが出来たわけだ。恐ろしいほどの悪知恵だぜ」

「貴様などに、わたしの気持ちがわかってたまるかっ！」

柚乃は喚(わめ)いた。

「十歳の時に蓮華堂という所へ拐(かどわか)されて、無理矢理、背中に蛍彫りをされた者の気持ちが！　この彫物のために、わたしは婿(むこ)をとることも出来ず、女として生きる道を閉ざされたのだっ！」

「わかる……わかるさ」

龍次は、沈痛な表情で言った。

「俺も同じだ。俺も、蓮華堂で彫物をされた男だ」

「嘘をつくなっ」

「おゆう……おゆうなんだろう。この土鈴に見覚えはないか」

「うるさいっ！」

柚乃は、脇差を投げつけた。

龍次は、それを弾き落とす。

その隙(すき)に、大刀を抜きざま、柚乃は斬りかかった。

気迫のこもった一撃であった。

間合が詰まっていたので、躱す暇がなかった。

龍次の道中差は、深々と女剣士の胸を貫いてしまった。

「お、おゆう……っ！」

龍次は悲痛な叫びを上げた。

自分の手で、おゆうを殺してしまった!?

柚乃は、ゆっくりと倒れる。

龍次は、発狂寸前の者の顔になった。

「――違う」

屋敷の塀と塀の間から、痩せた長身の影が迷い出てきた。

佐倉重三郎であった。

「先生……」

「その娘は、お前が捜しているおゆうではない。蓮華堂は、お前の相方として、二人の少女を用意した。一人の軀には姫様彫りの鳳凰を、もう一人の軀には蛍彫りの鳳凰を彫りこんだ。どちらか、出来の良い方を、お前の相方にするためにな。偶然、二人の名前が似通っていただけだ」

「………」

「一年前に、わしが江戸へ戻ってきて、道場破りに入ったのが、この柚乃の立花道場であった。わざと一本取られて、相手の面目を立て、奥の座敷で礼金を貰った時に、わしは気づいた。この娘が、八年前に見た蛍彫りの少女だ、と。蓮華堂のために人生を狂わされた柚乃への、せめてもの罪滅ぼしとして、お前以外の者には伝えたことのない、無楽流の奥儀を伝授した。それが……わしの教えた脇差居合術が、柚乃をして辻斬りに走らせることになろうとは………」

「では、わたしのおゆうは、何処にいるのでしょう！」

安堵と焦燥の入り混じった声で、龍次は尋ねた。

「知りたいか」

重三郎は、顔を上げた。

「ご存じなのですか、先生！」

「知りたくば……わしに勝て。勝てば、教えてやる」

軽く咳こみながら、佐倉重三郎は言った。

その師の面貌には、明らかに死病がとりついていた。

ひどい痩せ方から見て、労咳――つまり、肺結核であろう。

「そ、そんなっ！」

「ゆくぞ」

重三郎は、脇差の抜き打ちの構えをとった。

「刀を鞘に納めろ。それまで、待ってやる」

「先生……」

重三郎が本気であることは、双肩から立ち昇る殺気でわかる。

仕方なく、龍次は道中差を納刀した。

運命の師弟は、深夜の路上で対峙した。

夜気が焦げるのではないかと思えるほど濃厚な殺気が、周囲に渦巻く。

龍次の額に、脂汗が浮かんだ。

師に勝てるのか――龍次は自問した。

不可能だ。

病魔に軀を蝕まれているとはいえ、師の業は、やはり自分を凌いでいる。

だが……ここで負ければ、俺はおゆうに逢えないまま死ぬことになる……。

落ち窪んだ眼窩の奥で、重三郎の両眼が、鬼火のように燃え上がった。

彼の右手が動いた。同時に、龍次の右手も柄に走った。

が、百分の数秒だけ、龍次の方が遅れた。

(斬られる!)

二人の剣が交差した。

永遠とも思える長い静寂の後、地面に倒れたのは、佐倉重三郎の方であった。

龍次は――無傷だ。

軋むような動きで、龍次は倒れている師の方を見た。

彼の握っている脇差は、真ん中から切断されている。

竹光であった。

最初から、佐倉重三郎は、龍次に斬られるつもりだったのである。

「先生っ!」

龍次は、重三郎を抱き起こした。

「いいか……龍次」

苦しげな声で、浪人は言った。

「おゆうのことは、諦めろ……おゆうは死んだと思え……死んだのだ……良いな……」

「死んだ……!?」

龍次は、自分の心臓に杭を打ちこまれたような気がした。

眩暈を感じた。

「……わしは……幸せだった……お前に斬られて……」

ぐうっと喉が鳴り、重三郎は、大量の血塊を胸元に吐いた。

そのまま、見開いた瞳に半月の姿を映して、絶命する。

その月が雲に隠れた。

惨劇の舞台が、闇に呑まれる。

「…………」

龍次は、立ち上がった。

切支丹坂の方を向いたが、何も見えなかった。

「おゆうが……死んだ……」

龍次は、歩き出した。

夜の闇に呑まれて、右も左もわからぬ坂を、よろめきながら龍次は下ってゆく。

彼の心もまた、絶望の暗黒に深く覆われていた。

やがて、生きる目的を失った卍屋龍次の姿は闇の中に溶けこみ、ただ土鈴の音だけが、悲しげに響きわたった――。

番外篇　濡れた娘

1

「本当に見事なお道具だねえ……」

男の肉根を両手で摑んで、肌襦袢（はだじゅばん）姿の女は、うっとりした声で言った。

そいつは赤黒く染まって、雄々しくそそり立っている。

普通の男の勃起したそれと比べて、長さも太さも二倍近い。

しかも、根元から玉冠（ぎょくかん）のくびれまで古い傷痕（きずあと）がある。

その傷痕の引き攣（つ）れが、まるで大きな百足（むかで）を貼りつけたように、不規則に盛り上がっているのだ。

「先生……このお道具で、今まで何人も女を哭（な）かせてきたんだろう。憎いねえ」

そう言って、女は巨根に頬ずりをする。

肉置きの豊かな二十六、七の大年増で、ぽってりとした唇が、如何にも好色そうな顔立ちの女であった。

全裸の男は夜具に仰向けになり、女は横座りの姿勢から上体を倒して、男の下腹部に顔を伏せている。

しどけなく両膝が開いて、肌襦袢の裾前が割れ、内腿が見えていた。

女は、この稲葉村の後家でお紺という。

「お前だって、村の男たちから散々に精を搾り取ったんじゃないのか」

先生と呼ばれた男は、お紺の内腿を撫で上げる。

「このぬめるような肌は、好色者の証しだぜ」

「やだねえ、先生」

お紺は艶然と微笑んで、肉根の茎部を舐めた。

その時には、男の指先は、濃い恥毛に飾られた秘唇に到達していた。

愛撫される前から、すでに熱く潤んでいる。

「あ……」

中指を女孔に挿入されて、お紺は眉を寄せた。

親指の腹が、膨れ上がった女の肉粒をそっと撫でた。

「そ、そんなことされたら……」

目を閉じて、お紺は喘ぐ。女孔の奥から、新たに愛汁が湧き出た。

男は二点責めをしながら、糸のように細い眼で、女の様子を眺めている。

年齢は三十前後か、猪首で肩幅が広く、布袋様のような大きな軀をしていた。

しかし、骨太で筋肉量も多い。厳しい稽古を経た相撲取りのようにも見える。

福相で、一見、好人物に見えた。

肌が日焼けしているのは、稼業が旅商売なのだろう。

「ねえ、もう……あたし、我慢できない」

身を捩るようにして、お紺は切なげに言った。

「よしよし。じゃあ、俺を跨ぐんだ」

「え……こう？」

お紺は男の腰の上に跨がり、両膝を夜具に突いた。

男は右手で巨根を握り、玉冠部を紅色の濡れた花園に密着させる。

そして、左手で女の太腿を摑み、腰を下ろさせた。騎乗位である。

「う、うぅ……っ」

真下から巨大な男根に貫かれて、経験豊富な後家のお紺も、眉間に深い縦皺を刻む。

「いっぱい、いっぱい入ってる……」

絞り出すような声で、お紺は言った。

「良い締め具合だよ、お紺さん」

男は、両手でお紺の柔らかな臀肉を鷲づかみにした。そして、腰を律動させて、女体を突き上げる。

「ひィっ、凄い……凄いよ、先生っ」

重い乳房を揺らしながら、お紺は悦がる。

「百足みたい傷痕が、あそこを擦って……たまんないんだよ」

「そうだろうとも……夜は長い。たっぷり可愛がってやろう」

余裕たっぷりに責めながら、男は言った。

この男の名は、玄太。

稼業は売薬人である。屋号が〈達磨屋〉なので、達磨屋玄太という。

2

売薬人には、二種類ある。

町中の通りで目立つ格好をして口上を述べながら薬を売るのが、町売りの売薬人。

そして、各地の宿場や村を回るのが、旅廻りの売薬人である。

旅廻りの薬売りというと、反魂丹を扱う越中富山が有名だが、近江国や大和国、肥前国なども盛んであった。

売薬人は、様々な薬を詰めた二十キロほどの重さの柳行李を背負って、半年に一度ずつ、得意先を廻る。

そして、客に預けてあった薬箱を見て、使った分だけ代金を貰い、新しい薬を補充していくのだ。

この商売法を〈先用後利〉という。

町中と違って、医者がいない地方の村々では、昔は病人や怪我人が出ても旅の修験者の加持祈禱に頼るしかなかった。

しかし、売薬人が地方を廻るようになると、村人たちは置き薬を頼りにするようになった。

自分たちの命にかかわることなので、売薬人は「先生」と呼ばれて、医者とほぼ同格に扱われていた。

富山の薬売りは海を越えて、遠く蝦夷地まで廻っていたという。

場所によっては、村の家に一晩泊めてもらってから次の目的地へ行く。

その家は「うちには、売薬人の先生が泊まってくれた」と名誉にしていた。

信濃国高井郡の稲葉村も、達磨屋玄太の得意先――懸場である。

今、玄太がお紺と交わっているのは、庄屋の甚兵衛の屋敷の離れ座敷だ。

陽の暮れる直前に稲葉村に着いたので、今夜と明日はここに泊めてもらう。

そして、半年前に来た時には、お梶という後家が玄太の相手をした。

だが、お梶が上田城下の料理茶屋に奉公したので、今回は、お紺が相手をしているのだった。

お梶もお紺も、嫌々ながらの人身御供というわけではない。

売薬人を泊める家が名誉になるように、自分の軀で玄太を持てなすことも、村の女の名誉になるのだ。

玄太は、後家のいない村では、名主の末娘を提供されたこともあった。

その十五歳の娘は、男を知らない処女であった。

無論、玄太は据え膳を頂戴して、優しく扱いながら、新鮮な肉体を心ゆくまで味わったのである。

名主としては、子供が出来たら玄太に入り婿してもらおう——という計算もあったのに違いない。

妊娠こそしなかったが、半年後に行った時には閨の味を知った末娘も待ちかねていて、前回以上に濃厚な夜を過ごしたのであった……。

稲葉村は六十戸ほどの村落で、玄太は、明日は朝から薬箱を置いてある家を廻って代金を貰い、薬を補充する。

そして、簡単な錦絵や紙風船、双六などを土産として配るのだ。

それだけでなく、その家の人々の健康相談にものっている。

売薬人である玄太は、下手な町医者よりも医学の知識があり、簡単な怪我の治療も出来るのだ。

「死ぬ、もう死んでしまうぅぅ……っ！」

立て膝の騎乗位で下から力強く責められていたお紺は、悲鳴に近い叫びを上げて、絶頂に達した。

それに合わせて、玄太は大量に男の精を放つ。お紺は玄太の胸に顔を伏せて、肉襞を痙攣させた。

玄太は余韻を愉しみながら、お紺に接吻してやる。

「ん………」

お紺は夢現で、男の舌を吸った。

しばらくして口を外した玄太は、お紺の臀を撫でまわして、

「俺の肉百足の味はどうだい」

女の耳に囁きかける。

お紺は、くく……と含み笑いして、

「もう一度、可愛がってくれないと、わからないよ」

寛政二年——陰暦九月初めの秋の夜であった。

3

翌日の午後――達磨屋玄太は、大根畑の見張り小屋の前の石に座って、煙草入れを腰から取った。

煙管に煙草を詰めると、火打石を使って火を付ける。

秋晴れの空には、白い雲が一つ二つ、浮かんでいた。

風もなく、穏やかな天気である。

「夕べは、少し張り切りすぎたかな……」

一服つけて、苦笑する玄太なのだ。

あれから二度、つまり合計で三度もお紺を抱いたのである。

肉百足に翻弄されたお紺は、最後には汗まみれになって失神した。

そのせいで、いささか寝不足のまま、朝から得意先廻りをしていた玄太であった。

子供に土産をあげて、一家の健康状態を訊く。その話によっては、置き薬の種類を増やす。

百姓たちは、玄太に話を聞いて貰うだけで、安心できるのだ。

それに、玄太は他国の出来事を面白可笑しく話して、相手を飽きさせない。

「そういえば、しばらく師匠の墓参りも行ってないなあ……」

遠くの山並みを眺めて、玄太は呟いた。

――玄太は遠州清水湊の荷揚げ人足の息子で、自分も十五の時から人足として働いていた。

彼の逞しい肉体は、この時の労働で作られたのである。

酒の味も女の味も覚えて、博奕にも手を出した玄太だが、十九の時に賽子の如何様を見破ったのが原因で、大喧嘩になった。

そして、相手が匕首を持ちだしたので、身を守るために手鉤でぶん殴った。

それで相手が血まみれになって倒れたので、そのまま、玄太は遠州から逃げ出したのである。

風の噂では、相手は死んだらしい。

人足同士の揉め事なので、清水の町奉行所は玄太を領外にまでは手配しなかった。

しかし、玄太は、もう清水湊には帰れない。

中仙道を彷徨っていた玄太は、ある日、足を挫いて困っている中年の行商人に出逢ったのである。

それが、玄太の師匠になる近江の売薬人、達磨屋半五郎だった。

玄太は代わりに荷物を背負い、近くの宿場まで半五郎を送ってやった。

宿屋で玄太に礼を言った半五郎は、彼が国を捨てた事情を聞いてから、

「そういうことなら、玄太さん。俺の弟子にならないかね」

そう持ちかけたのである。

「俺も年で、旅商いがきつくなって来たところだ。特に山の中を歩きまわる中仙道は、きついな。何年か見習いとして俺に付いて廻って、客に顔繋ぎできたら、俺の懸場帳を譲ろう」

懸場帳とは、得意先の記録である。

相手の住所だけではなく、家族構成や今までの薬の使用歴なども詳しく書きこまれていた。

売薬人にとっては、命の次に大切な書類であった。

「実は、売薬人になるには色々と面倒な決まりがあるのだが、まあ、心配しなく

ていい。俺も、この道じゃ古株だから、そこらのことは何とかなる。場合によっちゃ、俺の養子にしてでも、ちゃんと後を継がせるよ」

玄太としては、売薬人稼業に興味があるわけではないが、野良犬同然の暮らしに見切りがつけられるのは、有り難い。

話はまとまって、半五郎の足が治ってから、二人の師弟は旅に出た。

荷物の柳行李（やなぎごうり）は玄太が背負うから、半五郎は身軽になり、「旅が楽になった」と喜んだ。

玄太にしても、米俵も運ぶ荷揚げの仕事に比べたら、二十キロの荷物を背負って歩くなど何でもなかった。

それから三年――半五郎は、伊勢崎（いせさき）で食中（しょくあた）りし、呆気（あっけ）なく亡くなった。

亡くなる前に、半五郎が手続きを終えていたので、玄太は無事に達磨屋の二代目となった。

彼が二十二の時である。

三年かけて顔繋ぎをしておいたので、玄太の代になっても客は減ったりしなかった。

若くして独り立ちする売薬人は珍しいので、かえって行く先々の村で女子衆（おなごしゅう）に人気となり、得意先が増えたほどである。

そんな彼に試練が訪れたのは、独立して二年目の夏であった。

木曾(きそ)の山道で、猪(いのしし)に遭遇したのである。

左右は急な斜面なので、逃げ場はなかった。

そのままなら、猪の鋭い牙(きば)で下腹を斬り裂かれて、玄太は絶命していただろう。

が、その時、玄太の頭に半五郎の言葉が閃(ひらめ)いた。

猪突猛進から逃れるには、上しかない——という教えだ。

見上げると、斜面に生えた木の太い枝が張り出している。玄太は必死に跳躍して、その枝に飛びついた。

猪は頭を振って、駆け去った。

その姿が見えなくなってから、玄太は地面に降り立った。

命拾いした玄太が、ほっとして手拭いで額(ひたい)の汗を拭った時、股間が濡れているのに気づいた。

だらしなく失禁したのかと思って見ると、何と、川並(かわなみ)が真っ赤に染まっている。

「わわ……」

玄太は、その場に腰を抜かしそうになった。

剃刀のように鋭い猪の牙で、川並と下帯まで斬り裂かれて、男の道具から出血していたのである。

あわてて手拭いで仮の血止めをすると、そこら辺に落ちていた木の枝を杖にして、歩き始めた。

何とか意識のあるうちに人里に下りなければ、出血多量で死んでしまう。

だが、一町と行かないうちに、木樵に出逢って、彼が自分の杣小屋に連れて行ってくれた。

地酒で傷口を洗って、自分の扱っている金創薬を塗り、玄太は寝こんだ。その夜から熱が出て、三日三晩、生死の境を彷徨った。

そして、十日ほどして、ようやく玄太は起きられるようになった。

男の象徴を調べて見ると、傷口は塞がったものの、醜い引き攣れが出来ている。

「猪にやられて命が助かっただけ、めっけもんだよ」

木樵の重蔵は、そう言って慰めてくれた。

「存外、玄人女は、こういうのを喜ぶかも知れないぜ」

「そうですかねえ」

玄太は憂鬱な顔つきになったが、命の恩人の重蔵に三両の礼金を渡して、杣小屋を出た。

　そして、麓の宿場で飯盛宿に泊まり、ゆっくりと風呂に入った。

　それから、男性機能を失っていないか確かめるために、飯盛女のお紋を抱いたのである。

　結果は――重蔵の言った通りであった。

　ただでさえ巨根なのに、百足のような傷痕が女の肉襞を微妙に刺激して、お紋を哭き狂わせたのだ。

　男性機能が無事であったことは良かったが、この事件は、玄太の人生観に大いに影響した。

（人間なんて、いつどこで死ぬか、わかったもんじゃやねえ……）

　そして、何か身を守る方法を考えなければならない。

　お紋にそのことを話すと、「料理屋の下男が奇妙な手妻を使うんだよ」と教えてくれた。

　びしっと指を鳴らしただけで、四、五間先の雀を落とすのだという。

　翌日、玄太は、その晋八という下男に会いに行った。

　素直に事情を話して、「身を守る術があるなら、教えて欲しい」と頭を下げたのである。

半白髪の晋八は、しばらく、玄太を眺めていたが、

「その素直なところが気に入った。今まで誰にも種を明かさなかったが、雀を落としたのはこれさ」

そう言って、鉄製の黒い数珠(じゅず)――如意珠(にょいじゅ)を見せてくれたのである。

五日ほどかけて、玄太は、晋八に如意珠の術を教えこまれた。玄太は礼金を渡そうとしたが、晋八は頑(がん)として受け取らない。

「俺は、この如意珠の術を伝える相手がいたことが嬉しいんだ。金なんか、しまってくれ」

そこで、玄太は足袋(たび)を三足買い、「晋八さん。冬場は冷えるだろうから、これを使って下さい」と差し出した。

「そうか……有り難うよ」

晋八は涙ぐんで、それを受け取った。

老下男には人に言えない事情があって、木曾の宿場まで流れ着いたのであろう。

それが玄太と晋八の別れで、半年ほどしてその料理屋を訪れると、晋八は卒中で亡くなっていた。

例の三足の足袋は一度も履かれることなく、晋八と一緒に座棺に納められたという。

宿場外れの墓地で、晋八の卒塔婆に手を合わせた玄太は、ますます人生の無常を感じたのであった。

玄太が悪党と付き合うようになり、禁制品も扱うようになったのは、これからである……。

「むっ」

玄太は厳しい顔つきになって、周囲を見まわした。

どこかで、女の悲鳴が聞こえたのである。

4

見張り小屋の裏手の雑木林の奥で、若い娘が、蒼白な顔で立ち竦んでいた。

庄屋屋敷の下女のお絹であった。

村娘だから、髷は結わずに項の後ろに纏めている。赤ん坊の時に屋敷の前に置かれていた、捨て子だそうだ。

彼女の一間ほど前で、山犬が眼を光らせて低く唸（うな）っていた。

「――おい」

玄太が声をかけると、山犬が、ぱっと彼の方を向く。

その瞬間、山犬の右眼が破裂した。

「ぎゃんっ」

濁った悲鳴を上げて山犬は飛び上がり、地面に落ちて倒れる。

四肢（しし）を痙攣（けいれん）させて、その山犬は絶命した。

玄太が、如意珠を打ったのである。

右の眼球を破裂させた鉄の珠は、脳の奥にまで達して、頭蓋骨（ずがいこつ）の内側にくいこんだのだった。

「お絹ちゃんと言ったな、もう大丈夫だよ」

玄太がそう声をかけると、お絹は、わっと縋（すが）りついて来た。

十八歳の乙女の甘い肌の匂いが、玄太の鼻孔をくすぐる。

「それにしても、どうして、こんな林の奥へ入りこんだのだ。茸（きのこ）でも探してたのかね」

「いや、訊かないでっ」

お絹は耳まで真っ赤になって、玄太の胸に顔を埋める。

（なるほど……）

玄太は察した。

お絹は、小用を足すために林に入りこんだのだろう。

そして、排泄行為を終えて林から出ようとしたら、飢えた山犬に遭遇したのである。

「わかった、わかった。誰にも言わないから、安心しなさい。無事で良かったね」

優しく言うと、お絹は顔を上げて、

「先生……有り難う」

大きな黒い瞳に、感謝の色だけではなく、別の感情がこめられていた。

玄太は、股間の道具に血が流れこむのを感じる。

「お絹ちゃん――」

玄太は、十八娘の頬を、そっと両手で挟んだ。お絹は目を閉じる。

その紅い唇を吸って、玄太は舌を差し入れた。お絹は、おずおずと舌を絡めて来る。

玄太は、ひょいと両腕で小柄なお絹を抱き上げた。

見張り小屋にお絹を運びこんで、板の間に寝かせる。そして、外に置きっ放しだった柳行李も運びこんだ。

鳥獣の被害や盗人から畑を守るための見張り小屋には、囲炉裏を切った板の間と丁字形の土間がある。広さは四畳半ほどだ。

玄太は、仰向けに寝かせたお絹の帯を解いて、全裸に剝く。

自分も全裸になると、お絹の小さな乳房が並んだ胸を跨いで、両膝を突いた。

「お絹、しゃぶってくれ」

半勃ちの男根を、彼女の前に突きだした。

「はい……」

女同士の猥談で聞かされたのか、吸茎の知識はあったらしく、お絹は素直に肉根を咥えた。

玄太は、その後頭部に左手を添えて、支えてやる。

十八歳の処女の吸茎は稚拙であったが、情がこもっていた。たちまち、玄太のそれは隆々として、お絹の小さな口に余る。

「よし――」

玄太は巨根をお絹の口から引き抜くと、彼女の下腹部に顔を近づけた。

恥毛は薄く、桜色の割れ目が美しい。一対の花弁は、割れ目の内部に隠れていた。

玄太は、小水のにおいが残っている割れ目を、丁寧に舐めしゃぶる。

「ひい、ひいィ……」

両手で顔を覆って、お絹は喜悦の声を洩らした。透明な愛汁が、こんこんと湧き出る。

茜色をした臀の孔まで舐めてから、玄太は、お絹に覆いかぶさった。

猛々しいもので、聖なる花園を貫く。

「――っ!!」

十八歳の乙女は、仰けぞった。

素朴な村娘の初穂を摘んだ玄太は、その肉襞の締め具合を味わう。

そして、蜜柑色の乳頭を舐めながら、ゆっくりと腰を使った。

四半刻――三十分ほどしてから、玄太は、白い溶岩流を大量に放った。お絹も、生まれて初めての絶頂に、両足を突っ張る。

少ししてから、お絹は羞かしそうに、

「先生…女にして貰って嬉しい……」

「うむ。可愛いなあ、お絹は」

玄太は、彼女の額(ひたい)に接吻してやった。

隣の村まで使いに行って来るというので、玄太は、見張り小屋の前でお絹と別れた。

(あの様子では、今夜、お絹は俺の部屋に忍んでくるだろう。お紺は、どうするか……いっそのこと、二人並べて愉(たの)しむかな)

そんな呑気(のんき)なことを考えながら得意先を廻って、玄太が最後の家で話しこんでいると、急に外が騒がしくなった。

「何だろうね」

女房のお里(さと)が外へ出て、誰かと話し、すぐに戻って来た。

「先生、大変です。庄屋様のところのお絹ちゃんが…殺されたってっ」

「何だとっ」

玄太は血相を変えて、立ち上がった。

5

お絹が死んでいたのは、村外れの与助の家の土間であった。

女房のお兼が包丁で与助とお絹を刺し殺して、自分は喉を斬り裂いて自殺したらしい。

「いやあ、驚いた」

与助の従兄弟の為次は、集まった村人たちに説明した。

「俺が与助の家に声をかけても誰も出て来ないから、土間へ入ってみたら、この始末で……まさか、この三人が無理心中するとはねえ」

土間は血の海で、与助は仰向けに、お絹は俯せに倒れている。

そして、お兼は上がり框に横向きに倒れていた。

「あわてて、三人を揺すって声をかけてみたけど、みんな息がなくて……」

野良着の袖口を血で汚した為次が、悄然として言った。

「無理心中だなんて……なんで、お絹まで殺されているんだ」

理解できないという顔で、庄屋の甚兵衛が言う。

「与助は前から、お絹ちゃんに気があったようですから……その密通がお兼にばれて、刃傷沙汰(にんじょうざた)になっちまったんでしょうか」

為次が、おずおずと気の弱そうな表情で言った。

「お絹ちゃんは、まだまだおぼこだと思ってたが……いつの間にか、与助と出来てたのかねえ」

源造(げんぞう)という初老の男が言った。

「――ちょっと見せて貰えますか」

皆の後ろで黙って聞いていた玄太が、前へ出て来た。

「あ、先生。どうぞ、どうぞ」

白髪頭の甚兵衛が、脇へ退く。

血を踏まないように気をつけながら、玄太は、三人の遺体を調べた。特に、血に濡れたお絹を念入りに調べる。

「大体、わかりました」

「はあ……」

「これは心中じゃない、人殺しですよ」

立ち上がって、玄太が断言する。

「何ですって」

甚兵衛たちは、愕然とした。

「生きてる時に刺した傷と、死んでから刺した傷は、違う。お絹の刺し傷は、明らかに死んでからのものです。だから、血はあまり流れない。それを誤魔化すために、血溜まりに俯せに寝かされたんですね」

「じゃあ、お絹は何で死んだんでしょう」

「首を、後ろから腕で締められてる。手で締めるのと違って、これだと痕が残りにくい」

「……………」

「たぶん、お絹を手籠にしようとして襲った奴が、締め殺したんでしょう。殺してから、そいつは死体の始末に困った」

玄太は、淡々とした口調で説明する。

「だから、この家に来て、何も知らず油断している与助さんの背後から、腕をまわして包丁で胸を刺した。それから、お兼さんの後ろにまわって、喉を斬り裂いたんです。二人とも後ろから殺したのは、自分が返り血を浴びない用心ですね」

「……………」

「そして、お絹の死体を運んできて、血溜まりに寝かせたわけです。それだけ用心しても、野良着の袖には血がついている。そこで、殺した奴は、死体を揺すったと言って袖の血を誤魔化した……」

そこまで言った時、為次が「嘘だァっ」と喚きながら、鉈で襲いかかってきた。

玄太は無表情のまま、如意珠を飛ばす。

「わあああっ」

左眼を潰された為次は、鉈を放り出して臀餅をついた。

山犬と同じように一発で殺すことは容易いが、それでは玄太の気が済まない。

「為次……貴様は、何という罰当たりなことを……」

怒りのあまり、甚兵衛は、わなわなと軀を震わせていた。

「お絹が悪いんだ……俺が何度も口説いたのに、素気なくするから……俺が悪いんじゃねえ」

左眼を手で押さえて、為次は泣きながら弁解する。

「庄屋様――」玄太は言った。

「わたくしは、今から出発します。何も見ていませんから、後始末はお任せします」

「先生……この通りです」

甚兵衛は、深々と頭を下げた。村人たちも、それに習う。

玄太は、家の外へ出た。これから、為次は村人たちに袋叩きにされて、息の根を止められるだろう。

（やっぱり、人間なんて真面目に生きていても、いつ死ぬか、わかったもんじゃないな……）

十八娘の笑顔を思い浮かべながら、達磨屋玄太は、虚しさを噛みしめる。

背後から、命乞いをする為次の悲鳴が聞こえて来た。

あとがき

前作『卍屋龍次 乙女狩り』のあとがきにも書きましたが、このシリーズは、私が時代小説として初めて雑誌連載した作品です。

今回、原稿をチェックして見ると、今の私では使わないような表現や文体があり、自分でも驚きました。

若書きと言ってしまうと身も蓋もないのですが、今よりも勢いはあったのかな、と。なので、明らかな誤り以外は、なるべく当時の文体のままにしています。

桃園書房の「小説ＣＬＵＢ」に連載されたので、最初は桃園新書で刊行されました。

第二巻の元タイトルは『卍屋龍次地獄旅』で、巻末に、アニメ監督の出崎統さんに寄稿していただきました。

出崎さんとは、私の代表作のひとつ『修羅之介斬魔剣』のオリジナル・ビデオ・

アニメの監督をしていただいた縁(えん)です。

日本のテレビアニメのフォーマットを作られた天才監督の出崎さんですが、惜しくも二〇一一年に六十七歳で亡くなられました。

前作では、龍次が卍屋を始めることになった事件を番外篇にしましたが、今回は、龍次の宿敵といえる達磨屋玄太の過去話『濡れた娘』を書下ろしました。

なお、玄太が木曾山中で試した方法は、私の創作ではなく、旅行商の本に書いてあったエピソードです。

玄太は、完結編である次の第三巻にも登場します。

いきなり正月から大地震という波乱の幕開けの二〇二四年ですが、日本が平和であり続けるように祈るばかりです。

さて、次は五月に『若殿はつらいよ』の第十九巻『妖玉(ようぎょく)三人乙女（仮題）』が刊行される予定ですので、よろしくお願いいたします。

二〇二四年一月

鳴海　丈

引用文献

『ロリータ・コンプレックス』訳・飯田隆昭　（太陽社）

参考資料

『考証　風流大名列伝』稲垣史生　（旺文社）
『泌尿器科学』西浦常雄　（日本医事新報社）
『図録・農民生活史事典』秋山高志／他・篇　（柏書房）
『點穴・練功・薬功』呉伯焔　（ベースボール・マガジン社）
『病気日本史』中島陽一郎　（雄山閣）
その他

コスミック・時代文庫

卍屋龍次（まんじやりゅうじ） 悪女狩り（あくじょがり）
秘具商人愛艶道中

2024年2月25日　初版発行

【著 者】
鳴海（なるみ）　丈（たけし）

【発行者】
佐藤広野

【発 行】
株式会社コスミック出版
〒154-0002 東京都世田谷区下馬 6-15-4
代表　TEL.03(5432)7081
営業　TEL.03(5432)7084
　　　FAX.03(5432)7088
編集　TEL.03(5432)7086
　　　FAX.03(5432)7090

【ホームページ】
https://www.cosmicpub.com/

【振替口座】
00110-8-611382

【印刷／製本】
中央精版印刷株式会社

乱丁・落丁本は、小社へ直接お送り下さい。郵送料小社負担にて
お取り替え致します。定価はカバーに表示してあります。

ISBN978-4-7747-6538-9 C0193